# そんな世界は壊してしまえ
## ―クオリディア・コード―

さがら総（Speakeasy）

# CONTENTS



口絵・本文イラスト●カントク

# 0 乙女の断罪

まず始めに言っておく。

告白してくれて、ありがとう。大好きだ。

異性に直接的な好意を向けられるのは、そうそうありふれた体験ではない。ましてやその相手が、君のようなとびきりキュートな女の子ともなれば、素直にうれしいよ。

いや、断じてお世辞《せじ》ではない！

君は魅力的な女の子だ。切れ長の眼《め》に力があるとか、鼻が高くつんとしているとか、手足が長くて腰がきゅっとしているとか、そういう容色《ようしょく》に秀《ひい》でていることばかり指しているわけではない。

つまり、内面的な部分こそが秀逸《しゅういつ》、ということなんだ。

自分の能力をよく把握して、その使い方に長《た》けている。工科生《こうかせい》のなかでもずば抜けて頭がいい。君のおかげで産まれた新技術は、今や他の都市にも波及《はきゅう》するほどの勢いだろう。

おまけに責任感があって面倒見がよくて、中等部への技術指導にも熱心だ。管理官に対しても物怖《ものお》じしないで言うべきところは意見する。だれに対しても分け隔《へだ》てなく接する姿勢は、尊敬に値《あたい》するよ。

……やたらとあわあわしているが、どうした。頬《ほお》が真っ赤だ。風邪か。大丈夫か。

え？

まさか、自覚していなかったというのか？　本当に？

今のは主観的、個人的な評価ではない。何度も言うが、お世辞《せじ》でもないよ。世辞で成り立つコミュニケーションは、俺にはわからない。

我々工科《こうか》の男連中に、人気アンケートでもしてみればいい。君の名前がダントツ一位になるのを、間違いなく目にするだろう。君に何気ない笑顔を向けられただけで、骨の髄《ずい》まで骨抜きにされたやつを何人か知っている。

君はその圧倒的に優れた内面と整った顔立ちにもかかわらず、ころころ変わる表情がびっくりするぐらいあどけないからな。笑い方は気取ってなくて隙だらけだし、そんなふうに眉が下がりきっているところなど、まるで雨に震える仔猫《こねこ》のよう。

我が愛する工科生のなかでも、もっとも愛されているといっても過言では——

——すまない。悪かった。

そんなに怒らないでくれ。もう言わない。

参ったな。ふざけたつもりは毛頭《もうとう》なかったんだが。どうも俺は人とズレているらしくて、心の機微《きび》がわからないんだ。

うん？　怒ってない？　ぜんぜん怒ってない？　そうなのか。じゃあなぜ……恥ずかしかっただけ？　むしろ嬉しかった？　それはどうして、やっぱりなんでもない？　え？

うるさいバカ？　違う違うバカじゃない？　うーん？　つまりどういう……

あ、はい。ごめん。こっちこそ問い詰めすぎたな。

なんだかよくわからないが、君が不機嫌になっていないならいいんだ。


おっと。

予鈴の音だ。よく響くものだ。アンノウン警報に似ている。

そろそろ昼休みも終わる。

いつまでもふたりで話していたら、午後の授業に遅れてしまうな。クラスメイトたちに冷やかされてしまう。変なところばかり見ている連中がいるんだ。

だいたい高等部に入ってまだ二ヶ月やそこらだというのに、あちこちでいちゃつくカップルを見かけるから、不思議なものだ。中等部時代とはなにかが違うのだろう。俺にはわからないけれど。

ともかく、ええと、なんだ。

あんまりこういうことに慣れていないから、しきたりがわからないが……きちんと言葉にしておかないといけないのだろうな、やっぱり。

返事、返事。そうだな。

もしかしたら、わかっているかと思うけれども。

俺も好きだ。

ああいや、そうではなくて。

つまり、人類のことが好きだ。大好きだ。

俺はひとりの人間として、人類という種族を愛している。

人類の持つ無限の可能性を信じている。人類が築き上げてきた文明を信じている。人類が打ちのめされた今でも、必ずやかつてのような栄光を取り戻すことを信じている。

努力する人類が、戦い続ける人類が、あきらめない人類が、俺は大好きだ。

だから――だからこそ、俺にはわからないのだ。

一個人が一個人を愛するということが。


だれもかれも、どうしてそんな個別の些末《さまつ》な事象《じしょう》に、限られた意識を割《さ》くことができるのだろう？

俺たちはこの防衛都市で未《いま》だ戦っている。

アンノウンどもはどれほど追い払われようと、ちっともあきらめない。他の都市どもはくだらない点数稼ぎで、足を引っ張ろうとしてくる。待てど暮らせど、内地《ないち》の大人たちには能力が発現しない。

だったらせめて、我が東京だけでも、全力で戦わなくては。

戦闘科のみならず、工科《こうか》も商科も補給科も衛生科も中等部も初等部も、みんながみんな、挙都市一致態勢《きょとしいっちたいせい》でこの国難《こくなん》に立ち向かうべきだ。そうだろう？

だが。

君は、俺に告白した。

個人の個人による個人のための乏《とぼ》しく貧《まず》しい感情。それを発露《はつろ》させんがために、昼の貴重な鍛錬《たんれん》の時間をいたずらに費やしている。

俺が知るかぎり、君はだれよりも賢い。論理的で、理性的。実学的分野において、とってもキュートだ。

それなのに君までもが、感情的で愚《おろ》かにも見える振る舞いをするのだから、俺が驚く理由もわかるだろう?

いや責めているわけじゃない。誤解しないでほしい。

ただ、不思議に思っているだけだ。そこら中にカップルがいることについて、俺は常々《つねづね》理解に苦しんでいた。考えてもみてくれ。俺たちは発情期の猫じゃないんだ。地上でもっとも優れた種族だぞ。

我が愛する人類であるところの彼らにだって、確固《かっこ》たる行動理由があるはずなのだが、それがちっともわからない。

だから君が告白してくれたことには、本当に感謝している。

ありがとう。好きだ。すべての人類同様に大好きだ。こんなにいい機会を与えてくれるなんて。

この際、とことん教えてくれ。

お付き合い。デート。カップル。

それはこの世界でどういう意味があるんだ？　公共への奉仕《ほうし》が求められるこの時代に、個人が個人を区別して優先することにどんなメリットがある？

種族繁栄のために能率的に子作りしよう、という誘いならまだわかる。なぜ、その前に不完全な段階をはさまなければならないのか。

恋人とは、どのような論理的帰結《きけつ》のもとに導き出される関係性なんだ？

どうした。なぜ黙る。黙ったところでなにかが解決するのか。

だから責めていない。純粋に知りたいんだ。

我々は言語という優れたコミュニケーション手段を持っている。それを活用しなければ、それこそ犬猫にも等しい劣等《れっとう》種族になってしまうじゃないか。

話せ。話すのだ。

わざわざ俺に自らの感情を吐露《とろ》した理由。一個人を特別なものだと認識できる理由。非常時において余分な思考回路を保持する理由を。

さあ話せ。わかりやすく説明しろ。なにもかもを論理で語れ。

感情を排斥《はいせき》し、分析を蓄積《ちくせき》し、損益《そんえき》を数値化せよ。

俺たちが相互理解するために。個が全となって強くなるために。やがてアンノウンに勝つために。

なにせ、俺は人類が大好きなんだ。

# A-1 偽姫の憂鬱

おそろしく風の強い日だった。

東京都市次席《じせき》が部下に対して重大な通告をするときは、たいていそんな日が選ばれる。きっと、己《おのれ》の言葉を背景イメージとセットで考えているのだろう。仰々《ぎょうぎょう》しい演出を好むタイプの人間なのだ。

朱雀壱弥《すざくいちや》はそういう演出力で己を高めていく行為が嫌いではなかったし、都市次席そのものも好きだった。

つまり、この世すべての他の人類と同程度には好きだった。

だから彼女から呼び出しを受けてから、すぐに中央司令棟の階段を上ることにした。

うらぶれた工科《こうか》棟よりもはるかに豪華なつくりをしている。

最上階である五階には来客用の応接室、都市主席や次席用の執務《しつむ》室、各科長《かちょう》たちによる中央会議室など、主に都市幹部が利用する部屋が並んでいる。

「ここだな」

そのうちのひとつ、あらかじめ指定されていた第一作戦室に入ったとたん、ひときわ強い風が髪を乱した。

窓が開いていているらしい。

昼休みが始まったばかりの時間帯だ。最上級生であっても午後の座学は残っている。この部屋を利用する生徒は、まだいないはずだった。

常《つね》よりもなお鋭く目を細めて、手をかざす。

作戦室の中央に円形のテーブルがある。座るものはおらず、お茶請《ちゃう》けがぽつりと置かれている。一番奥の椅子の背に絡むように、クリーム色のカーテンがざわざわとはためいている。

「おや？」

その傍《かたわ》らに、見知った立ち姿の先客がいた。

黒髪をポニーテールにまとめた、背筋のよく伸びた少女だ。後ろから見ても、手足のバランスがとれていることがよくわかる。太腿《ふともも》を大胆に覗《のぞ》かせる、短く縮めた制服のスカートが、小さなオシャレ心を主張している。

「つぐみ。こんなところで奇遇だな」

「…………」

「もしや、おまえも次席案件か？　それは心強い」

「…………」

朱雀が朗らかに声をかけても、振り返りもしない。

鵜飼《うかい》つぐみは開け放たれた窓を見下ろすように立っていた。

「……父さん母さん、今日まで見守っていてくれてありがとうございます。すみませんが、先立つ不孝をお許しください」

より正確に言えば、窓枠に右足をかけて、左足を宙にゆらゆらと浮かせて、今にも天国に向かってフライハイしようとしていた。

まるで朱雀《すざく》の声を聞いた瞬間、そんな暴挙《ぼうきょ》に出たようにも思える動作だった。しかしもちろん朱雀には思い当たるいわれが欠片《かけら》ひとつ塵《ちり》ひとつなかったから、明らかに見間違えであろうと確信した。

「どうした？　腹が痛いのか？」

「……どうか悲しまないでください。屈辱《くつじょく》にまみれた過去を消毒して、つぐみはネオつぐみになるだけですから」

「こっちを向け。俺だ」

「ああ、またあいつの声が聞こえます。幻聴幻聴、これはぜったいぜんぜん幻聴。きれいさっぱりなかったことにして、早く生まれ変わらないと……」

見えない片道切符《かたみちきっぷ》を握りしめて、ぶつぶつとつぶやく姿は、むやみやたらと真に迫っている。

「待て」

さしもの朱雀も眉をひそめて、足早《あしばや》に近寄った。

どうすればいいのかよくわからなかったが、おそらく、樹《き》に登って降りられなくなった仔猫《こねこ》と同じようなものだろう。

襟首《えりくび》をつかんで引きずり下ろすと、「ぐえっ」という潰れたカエルのような悲鳴とともにつぐみが背中から地面に着地した。

「ぐうう、その掴《つか》みかたはやめてよう……」

手足を折り曲げた仰向《あおむ》きの姿勢から、恨めしげな小動物のような視線が朱雀をじっとりとにらむ。

その切れ長の瞳の先に細い顎《あご》があり、さらに向こうには、女性らしい丸みを帯びたふたつのふくらみが見えた。狭苦しい制服のなかに押しこめられて、ゆっくりと上下しているのがわかる。

さながら、腹を見せて服従を示すペットのようだ。取りようによっては、愛嬌《あいきょう》のあるポーズとも言える。そこらの一般男子生徒がいれば、ある種の行為を連想して胸を弾《はず》ませるのかもしれない。

無論、朱雀も年頃の男子生徒であるので胸を大いに弾ませた。

中等部で行《おこな》った、カエルの模型の解剖《かいぼう》授業を思い出したのである。今は無き生物の構造を解き明かす作業はなんとも興味深かった、と朱雀は懐かしく思った。

「なにごとも捌《さば》いてみれば本質がわかるものだ」

「……捌くってなに？　今、人の身体でなに想像した？」

「俺に任せろ。すべてをゆだねて、心のうちを明かしてみるがいい」

「手つきが完全に工具を扱うときのそれなんですけど？　ねえ？」

つぐみは胡乱《うろん》な眼《め》つきになって、腕で腹を隠した。

そうすると、袖口《そでぐち》のあたりから機械油の匂いが漂う。直前まで戦闘科車両の整備をしていたのかもしれない。

「あ……」

つぐみは眉尻を少しだけ下げたが、朱雀《すざく》をちらと見て、馬鹿らしくなったように袖を引っこめるのをやめた。

目の前にいるのは、青春やらなにやらをまるで理解しない男である。

「まったくもう……」

ため息をつくと、もぞもぞと膝を抱えて、丸まった体勢で窓枠に寄りかかった。外界に背を向けるあたり、地面に自由落下する気力は削《そ》がれたらしい。

けれども、朱雀のあふれんばかりの義侠心《ぎきょうしん》は、それでよしとしない。

「いったい急にどうしたというんだ。俺にもなにかできることがあるかもしれない。愛する人類のため、俺と問題を共有しようではないか」

力強く問うと、つぐみがそっぽを向いた。

「……問題共有というか、あんたがそのものずばりの問題なんですけど」

「ほう、俺が。それはますます俺に語るべきだ。おまえが抱える俺の問題、この俺が俺として解決してみせよう」

「い、や、だ！」

「対話の放棄は知性の散逸《さんいつ》だ。知性の散逸は進化の拒絶だ。進化の拒絶は人類の敗北だ。ともかく話せ。確かな意志をもってコミュニケーションするのだ。現生霊長類最上である、我らの存在証明のために」

「……ああもう、はいはい、わかったわかりました……」

つぐみは根負《こんま》けしたように首を振った。こうなったときの朱雀《すざく》が面倒なことを、彼女は身をもって知っている。

「別に、大したことじゃないんだけど」

ぷくっと唇をとがらせて、すぼめた肩で窓を示す。

「昔のことを思い出しただけ」

朱雀が窓の外を見下ろすと、なるほど、そこには日陰になった校舎裏が見えた。校舎間の動線から外れているため、昼でも人通りがまったくない。

ゆえに、生徒の呼び出しに多く利用される場所だ。

つぐみがそこで朱雀に愛の告白をしたのは、高校一年生の五月ごろ。

一年以上も前のことだ。

「そういうことか。我々ふたりの記念の場所だな」

「……きねん」

「ああ、人生は記憶の集合体だ。過ぎてみればなにごとも良い思い出となる」

「……おもいで」

「楽しかったあのころ、というやつであるな」

「……たのし……？」

眼《め》を細める朱雀と、オウム返しに応じるつぐみ。

地雷スイッチをタップダンスで乱れ蹴りされているかのごとく、つぐみの切れ長の瞳がおどろおどろしい光を宿していく。

ちょっとしたアンノウンぐらいなら、直《ただ》ちにくびり殺せるほどの迫力である。

「……ひょっとして、おまえはこの郷愁《きょうしゅう》を共有していないのか？」

「ちっともさっぱりとんでもはっぷん！」

「もしや人の感情がわからないとかそういう特質の」

「よりにもよってあんたに言われたくないやい！　なにが記念か！　一生の恥だ！　この外見詐欺のトンチキポンチキ！」

「外見詐欺っておまえ」

「謝って！　あやまって！　見た目で釣ってごめんなさいってして!?」

両手両足でじたばたと地面をたたいて、幼子《おさなご》みたいにつぐみが暴れる。

いわれなき罵倒《ばとう》――とまでは、客観的には言えなかった。

確かに朱雀は、パッと見の印象が良いらしい。

高等部に入学した際、進路選択を基準にした大規模なクラス編成があった。その割り当てられたクラスのなかで、女子のあいだで一番人気だったという。

端正な顔のつくりをしており、背が高く、物腰がスマートだ。冷静で声を荒らげることがなく、その眼差《まなざ》しは常《つね》に思慮深い。座学にも実学にも熱心で、人類のために我が身を捧《ささ》げようとする意志がある。などなど。

……幸か不幸か、朱雀《すざく》は中等部まで別の進路コースに属していた。おかげで彼の実情を知るものが、工科《こうか》には極めて少なかったのだ。

つぐみもまた、朱雀と同じクラスになるのは初めてであった。

消せない傷跡が痛むかのように、つぐみはうめき声をあげる。

「友だちがひとりでもあんたの知り合いだったら、ぜったい思いとどまったのに……」

「戦場では勇《いさ》み足《あし》が一番危ないと言うものな。南無三《なむさん》」

「あのね、他人事《ひとごと》みたいな顔するのやめよ？」

つぐみとて人の子である。ただでさえ、恋多き時期だ。面白おかしく盛り上げようとする周囲の雰囲気に流されて、告白バッドエンドルートにふらふらと転んでしまったのを誰が責められようか。

「校舎裏のアレ、クラスメイトたちに結構覗《のぞ》かれてたんだよね。頼んでもないのに、めっちゃ応援されちゃってたんだよね」

「人気者であることの証明だ。ひとりの同胞《どうほう》として、俺も鼻が高い」

「それが公開処刑されたときのみんなの掌《てのひら》返しっぷりったらなかったよね。あの日を境に、だれかさんとひとまとめだよね。『朱雀担』『苦情処理受付』『コミュニケーション係(笑)』とか言われて、だれかさんがやらかして、女子が泣いたり男子がキレたりするたびに、あたしのとこに文句が来るようになったよね。コイバナトークなんてもう二度と来ないよね。どう思います、朱雀さん？　なにかコメントあったら聞きますけど？」

「いや、とくにないが」

「コメントしろ！」

「……勉学に集中できる環境になってよかったな？」

「よかないわ！　なんにもよかないやい！　いい加減にしろやい！」

つぐみのじたばたっぷりが激しくなっていく。お昼になって代謝《たいしゃ》率が高まり、テンションも上がってきたのだろうか――と朱雀は理性的に考える。

その推測を披露《ひろう》したら、つぐみに紙屑《かみくず》を投げられた。

「あたしの初恋返せやい！　地雷物件です不良在庫です返品不可ですってラベルを貼って、顔の真ん中にぺたっとはっとけやい！　このスカポンタンやい！」

「無茶《むちゃ》を言うな」

朱雀は顔の中央に皺《しわ》をつくった。整った皺の作り方だった。

「だいたい、損害を被っているのは俺だ。たかが細胞骨格の不均質《ふきんしつ》な配置程度で、人の価値を上下させられるのは甚《はなは》だしく不条理《ふじょうり》だと思わないか」

「そういう言い方がもうアレだよね、人間としておかしいですよね！」

「どこがだ。人類として正しいのはどう考えても俺だ。俺は人類が好きだし、工科《こうか》も好きだし、我がクラスも好きなのだが、ただ一点、一時の気の迷いに惑わされる連中が多くいることは大いに不満だ。そこだけは、意識が低いと断じざるを得ない」

「あたしは！」

つぐみは最高潮に声を高くしたあと、

「……一時とか、別に、そんなんじゃなかったし……」

ゆっくりと言葉を弱めていった。

たとえば、おとぎ話のお姫さまが、誤ってカエルになる呪文をかけられたとしたら、こんなふうになるのかもしれない。

すっかりじたばたも収まって、つぐみは膝を抱えてその場に丸くなる。かわりにきゅっとつぐんだ唇に、力が篭《こ》められる。

言いたい言葉を我慢しているような、今にも睫毛《まつげ》を震わせそうな、どこかの限界で必死に耐える態度だった。

「なんだ？」

「なんでもない。はあああああ……」

膝の合間に顔をうずめて、なにかを押しとどめるように、ぶるぶると首を振った。乱れるポニーテールが、暗澹《あんたん》と首元に広がっていく。

「本当、なんでこんな男に告白しちゃったんだろう……一年前に戻って間抜けなあたしの口をふさいで土に埋めてその横に同じ穴を掘って永久《とこしえ》に眠りたい……」

「そう言うな。おまえがいなくなるのは、いやなんだ」

つぐみは大げさに耳をふさいだ。

「しゃべるなスカタンポカホンタス。あんたに今さらなにも言われたくない。やっぱり今すぐフライハイ……」

「だから待て。飛ぶなら四月にしろ。人員補充が行《おこな》われない時期にいなくなられたら、貴重な戦力が減って人類が困る。俺は人類を困らせるのが一番いやだ」

「だからなにも言うなって言ってるのアンポンタンポンコツ！　あんたのそういうところが嫌い！」

「悲しいな。総体を抜きにして、個人として捉《とら》えても、おまえは一番なのに」

「……え？　いま、なんて？」

つぐみは弾かれたように顔をあげた。朱雀《すざく》の真剣な眼差《まなざ》しが、彼女を貫くように見据《みす》えているのを知る。

「よく聞けつぐみ。俺の一番はおまえだ」

「じょ、じょうだんきつい、ぞ？」

「嘘《うそ》でも世辞《せじ》でもない。俺がそういう類《たぐい》の美辞麗句《びじれいく》を言えない性質《たち》であることは、おまえもよく知っているだろう。おまえが欲しいんだ」

「……すざく……」

たがいにたがいを探るような視線が絡み合って、何秒か経《た》つ。

そのうちに、つぐみの耳朶《みみたぶ》にじんわりと朱が差していく。小さな喉がこくりと鳴ったのが、風のなかでやたらと大きく響いた。

「それって、も、もしかして、やっと、あたしの……」

「ああ」

見つめ合うふたりのなかで、朱雀《すざく》が先に優しく微笑《ほほえ》む。

「おまえの【世界《のうりょく》】はすばらしい。あらゆる物品の未来可能性を視《み》る力、だったな。そのおかげで我々は数々の技術改良を成し遂げた。俺が知る限り、一番に有用な力だ」

「……ん？」

「愛する人類のため、おまえの能力が欲しい。手に手を取り合い、いつか必ずアンノウンを最後の一匹まで倒しつくそうじゃないか」

「……んんー？」

朱雀はつぐみに手を差しだし、つぐみは小刻みに震えながらその手を見つめる。

「あの、い、いちおう訊《き》きますけど、能力以外は……」

「以外？　うん？　他になにが？」

「……知ってた！　知ってたー！」

「能力を除いて、つぐみはなにが俺の一番になっていると考えて」

「あーっ！　あーーっ！　バカアホマヌケのポンノスケー！」

つぐみはユデダコのように真っ赤になった。ポニーテールを振り乱して、ぽかすかと己《おのれ》の頭を引っかきまわしている。

よくある発作《ほっさ》だ。朱雀は温かく見守ることにした。

ほかの誰に対しても暴れたりしないのに、朱雀と話しているときだけ、つぐみはこんなふうになってしまうことがある。昨年のあの記念日から、ずっとこんな調子だ。

他の部分では誰より優秀な彼女なのに、いったいなぜなのか？

「……ああ、そうか」

朱雀の頭に、はたと閃《ひらめ》くものがあった。

「な、なにさ……」

その声に反応して、つぐみはぶるりと身体を跳ねさせる。

「おまえの行動からは、俺に対する特別な感情が導き出される」

「い、言うなあ！」

「つまり、今のおまえは」

「言うなってばあ……」

しどろもどろになって身をよじるばかりのつぐみだ。背徳《はいとく》の事実が暴かれるのを怯《おび》える少女のように、肩がか細く揺れている。

慈愛と確信に満ちた態度で、朱雀《すざく》はその肩にやさしく手を添え、

「――生理なんだろう?」

一瞬で静寂《せいじゃく》が満ちた。

「…………は?」

つぐみの横顔をいっぱいに占めていた赤みが、水をぶちまけられたように剥がれ落ちた。かわりに、半分になった眼《め》が朱雀を突き刺す。

「ごめん、ごめんね、うーんごめん、ちょっともう一回言って?」

「言わせるな。今もなお俺のことを信頼してくれているがため、体調の不良を明らかにすることができるのだろう。他人には言いがたい類《たぐい》のことでも、斯様《かよう》にアピールすることを可能とする。我々の関係性が良好な証左《しょうさ》だ」

「……あのね、あたしね」

「信頼とはかくも美しいものだ。俺も全力で応えよう。次席《じせき》にはそれとなく伝えておくから、今日はもう帰れ。身体を暖かくして寝るがいい」

「いいから、聞いて。聞け」

「ああ」

「あたし、あんたのそういうとこ、ほんっっっと嫌い」

もはや覇気《はき》すら失った声に混じって、深いため息が落ちていく。

やはり気分のアップダウンが激しいことはまちがいない。生理というものは大変だ、と朱雀は思うのだった。


そのときだ。

大気がかすかに震動したかと思うと、けたたましいサイレンが鳴りだした。

『緊急警報――緊急警報発令、湾内ゲートポイントにアンノウン十数体の出現を確認……すでに戦闘科が出動しています。都市内部の皆さんは落ち着いて行動してください――繰り返します、緊急警報発令……』

ふたりはぱっと顔をあげた。


二十余年前に終わった戦争の残滓《ざんし》が、また始まる。

# B-1 戦士の職分

波しぶきが風に散る。

上空に分厚く張りだした雲の塊が、地上に猛烈《もうれつ》な風を送りこみ、波濤《はとう》とぶつかりあって亡霊《ぼうれい》の悲鳴を呼び覚ます。

今にも雷雨に襲われそうな空の下、一足先に、荒れ狂う波がそこら一帯で激しく盛り上がっては弾け、潰れ、小さくまとまった嵐をつくりだす。

我が物顔に宙を飛びまわるウミネコも、今はいない。

かわりに――逆巻《さかま》く波間にうごめく群れがひとつ。

各個体の全長は、三メートルほどだろうか。

人型のような、けれど決して人型ではないような、不気味の谷の底にあるグロテスクなシルエット。

極端に発達した上半身が、銀色の粘液にまみれてぬらりと光る。アンバランスなほどに絞られた下半身は水面下に沈んでほとんど見えないものの、およそ論理的な推進力をもった形はしていないだろう。

著名な宗教家は、『盲目の悪魔が人を模《も》して作った人魚』とも評した。

それは魚でなければ船でもなく、頭部があるのに目鼻がない。

それは生きていても言葉を持たず、知性があっても理性がない。

それは無論のこと、人に与《くみ》する者ではなく。

――おそらくは、人を裁くモノである。

灰色の風と海の狭間《はざま》で、異形の群体が少しずつ北上していく。

一様にのっぺりとした無貌《むぼう》の顔が、ぎちぎちと水を呑《の》んで鳴いている。風に乗って、その喚《わめ》き声《ごえ》が海岸にまでかすかに届く。

二〇四九年――。

東京湾内は大荒れに荒れていた。


「『アンノウン』十三体、目視《もくし》にて確認。総員、砲撃用意」


淡々と、そしてはっきりとした声が響く。

異形が目指す先の湾岸部で発されたものではない。もちろん異形が紡《つむ》ぐものでもない。

「五、四、三……」

東京湾上空、ビル三階分ぐらいの高さに、空飛ぶ一群が展開している。

それは鳥でなければ虫でもなく、異形でなければ異種でもない。

健康的な心の臓を備え、しなやかな四肢《しし》を具《ぐ》し、意志の強い瞳でもって、海上の悪《あ》しきものどもを睥睨《へいげい》する――紛《まご》うかたなき人間だ。

年齢は十五歳から十八歳ほど。

湾岸防衛都市東京の戦闘科に属する戦士たちである。

彼らは出力兵装《しゅつりょくへいそう》という名の杖《つえ》状の武器にまたがり、ぶら下がり、あるいは構えて、思い思いの体勢で宙に浮かんでいる。

それは特別なことだ。他の二都市にはないことだ。

千葉と神奈川は陸を這《は》う。

東京は違う。東京だけは他と違う。

南関東湾岸部の最奥に位置する東京は、空を自在に縦断して前線を制圧する。

それこそが東京の戦い方であり、彼らのアイデンティティーなのだ。

「――二、一――」

宙に眩《まばゆ》い閃光《せんこう》が走った次の瞬間、

「くらえ!」

雷《いかずち》、雹《ひょう》、焔《ほむら》、礫《つぶて》――自然現象の塊たちが砲撃さながらに降り注《そそ》ぐ。

命気《オーラ》の一斉掃射《いっせいそうしゃ》だ。

不意を衝《つ》かれたアンノウンが暴れ、逃げ惑い、海中に没していく。

けれど頭上の彼らは決して容赦《ようしゃ》を知らない。

不浄《ふじょう》を滅する正義の代行者のごとく、あるいはスコアを競うスポーツ選手のように。

すべての敵が視界から消えるまで、戦闘科は自らの役割をこなす。

「三匹！　四匹！　おまけに五匹！」

　そのなかに、とりわけ声を張り上げるひとりの少年がいる。

　気合いの入ったドレッドヘアが眼《め》を引く彼は、周囲のだれよりも多くの雷弾《らいだん》を放ち、だれよりも的確に敵の脳天《のうてん》を穿《うが》つ。

「ああ！　それ、今あたしが狙ってたやつ！」

　それに対抗心を燃やすように、となりの生徒もまた、火炎放射の渦《うず》を海上にまき散らした。茶髪をきゅっとふたつに結んで、気の強そうな眼をした少女だ。

　数多《あまた》の力に貫かれ、みるみるうちに異形が数を減らしていく。

「────！」

　群れの中央に鎮座《ちんざ》する、一際大きな銀の人魚がぐるりと上を向く。断末魔《だんまつま》のごとき咆哮《ほうこう》とともに、ぬらりとした体液にまみれた腕を突き上げる。

　先端から撃ち出されるは、銀糸《ぎんし》の網。

　地上にはありえない粘性をもった、悪意の塊だ。

「え……？」

　少女が片脚をとられて、間抜けな声をあげた。

　バランスを失って、伸ばした腕も届かず、杖《つえ》もろとも転落する。ふたつに結ばれた少女の髪の毛が、堕《お》ちた天使の羽のようにか細くはためく。

　ぎちぎち、ぐちゅぐちゅと、海上の異形たちが関節を擦り合わせて羽音を奏でる。甘い宴《うたげ》の到来を詠《うた》う。

歓喜の呼び声に迎えられて、少女がアンノウンの食卓に墜落する刹那《せつな》。

「──ったく、あぶねえな」

ドレッドヘアの少年が、すんでのところで少女を抱きとめた。

だれよりも速く、垂直落下してきたのだ。

そうして海面に衝突する寸前、直角に折れて水上飛行に切り替える。

「で、でも、こ、このままじゃ……」

助けられた少女が、少年にしがみついて指さす。

その先に浮かぶは、棍棒《こんぼう》のような両腕をいっぱいに広げたアンノウン。淀《よど》んだ唾《つば》のごとき関節音を粘つかせて、少年少女が飛びこんでくるのを待ち受ける。

少年は吼《ほ》えるように口を大きく開き、

「ここは人類の領域だ──貴様らごときが、踏み入るんじゃねえよッ！」

雷光一閃《らいこういっせん》、鎧袖一触《がいしゅういっしょく》。

アンノウンのどてっぱらに、巨大な稲妻をぶちこんだ。

沈んでいく敵影《てきえい》とともに、歓声が響き渡った。

滑空《かっくう》角度をあげ、上空の一団に合流した彼は、仲間たちから肘と膝をふんだんにつかった手荒い歓迎をされる。

「……ねえ、勘違いしないでよ」

先の少女は気を取り直したように、ひとり不機嫌な声を出した。

「あなたが主席になれたのは、不祥事を起こした前任者のおかげでしょ。ほんの数ヶ月間のスコアが偶然たまたまうっかりよかっただけで、一年生でも主席になれるんだからいい世の中だわ！　本当の実力は、私のほうが断然上なのわかってる？　こんなことで恩を売って、調子に乗らないでよね」

「そうかい」

少年は肩をすくめて、

「じゃあそろそろ離れてくれるか？」

未《いま》だに、自分の腕にぎゅうっとしがみつく少女を見下ろした。

「……べ、べつに！　くっつきたくてくっついてるわけじゃないんだから！」

少女がすぐさま頬《ほお》を真っ赤に染めて、噛《か》みつくように怒鳴った。

そのくせ、変わらず少年の腕にしっかと抱きついたままだ。

己《おのれ》の出力兵装《しゆつりよくへいそう》はとっくに海の藻屑《もくず》と消えた。新しい杖《つえ》を兵装格納端末《たんまつ》から呼び出さないといけないのに、どうしたわけか彼女の心臓は鳴りっぱなしで、まったく命気が安定しないらしい。

「こんなのたまたま！　不意を衝《つ》かれただけよ！　本当は、ぜったい私のほうが！」

「はいはい、わかってるって。これは最初で最後。俺も強い、そっちも強い、俺たち立派な戦闘科。それでいいだろ？」

「ちょ、ちょっと！　なにするのよ!?」

「いい子いい子。つよいつよい」

「と、年下のくせに――ヘンに髪を引っ張らないでよ、もう……」

少年に頭を乱暴に撫《な》でられて、少女は急速に黙りこむ。その顔はひどく真っ赤だ。怒りによるものか何によるものか、耳の先っぽまでがぷるぷると震えている。

「落ち着いたら、残党どもの殲滅《せんめつ》に加わろうぜ。仲間にばっかスコアを稼がれるわけにはいかないし――」

彼女の横顔を覗《のぞ》きこんで、少年はニカッと笑った。

「俺たちには、ずっとずうっと勝ち続ける義務があるんだからさ」

＊

……少年の言葉は、周囲の同僚たちにはさらなる喝采《かっさい》を巻き起こしたが、陸地にいる他の生徒たちに届くことはなかった。

東京湾最前線と、防衛都市中心部とは、遠く離れている。

『戦闘科第一班、マリンラインにてアンノウンを排除。被害なし』

そのようなテキストが、都市のあちこちに設置された大型ビジョンや、各個人の通信端《たん》末《まつ》へ、淡々と配信されるに過ぎない。

「勝った勝った、また勝った！」

だれかが唄《うた》うようにつぶやき、それに応えただれかが短く口笛を吹く。

迎撃に出た戦闘科がアンノウンを退治することは、防衛都市に暮らす生徒たちにとっては、もはや当たり前の日常だ。

戦士たちはしかし、それゆえに尊敬され、特別視される。

言葉の通じぬ異形に蹂躙《じゅうりん》された歴史は、耳が痛くなるぐらいに教育されている。

過去の悪夢を振り払える彼らは、間違いなく湾岸防衛都市のエリートである。

「かっこいいよねえ、戦闘科」「でも危険なんじゃない？」「俺の能力もそっちに発現していたらなあ！」「見るー、エースの写真？」「大きくなったらあたしもあそこに行くんだ」「強いっていいね」……。

子どもたちの言葉の粒が、生まれては消える。

街は静かな高揚とともに日常を取り戻していく。


「……そうだ。人類は強い」

その片隅の建物のなかに、別の少年が立っていた。

同年代の戦士たちを育てる学校のなかで、戦闘に出ることもなく、彼は窓辺にたたずんでいる。

工科《こうか》や商科、衛生科に補給科など、防衛都市にはいくつもの科があるが、大別すればふたつに分けられる。

戦うか戦わないか。

戦闘科か、それ以外か。

主役のほうか、そうではないほうか。

こちらの少年の所属は工科《こうか》。

『そうではないほう』の科——裏方だ。

きらきらと輝く通信端末《たんまつ》は、戦闘科の華々しい戦績を知らせ続ける。

それをにらみながら、冷たい風から守られた建物のなかに、彼はずっと立っている。

「……人類は強い。人類は負けない。人類は勝ち続けなければならない。ずっと、ずっとずっとずっとずっとずっとずっと——」

偶然、こちらの少年のつぶやきが、戦闘科の名も知らぬ少年とシンクロする。

傍《かたわ》らのポニーテールの少女が、うまく言葉を聞き取れなかったのか、怪訝《けげん》そうに眉をあげる。

けれどもちろん、生まれる反応はそれだけだ。

たかが工科の発言に耳をとめるものなど他にいやしない。

こちら側の少年の声は、向こう側の少年の声にもまして、どこにも届かないのだった。

# A-2 魔女の通達

大型ビジョンが戦果速報の配信を終えて、平穏を取り戻した防衛都市のなか。

「……ねえ」

「なんだ」

「今、すごい顔して……ううん、その、なにか言った？」

つぐみがそっと窺《うかが》うように、朱雀《すざく》を見上げた。

朱雀は無愛想に首を振る。

「当たり前のことを言ったまでだ。結論としては、産めよ増やせよ地に満ちよ。つぐみに生理が来ていることをうれしく思っている」

「……あのね朱雀さん」

「なんだ」

「なにがどうしてそうなったのかまったくわかんないけど、あたしじゃなかったらそれ、大泣きされて裁判始まってもなにひとつ文句言えないこと理解してます？」

「そうか。俺とつぐみの心温まる関係性をまた証明してしまったな」

「千葉産冷凍ミカンのがよっぽど温まってるわい……」

「ところで、次席《じせき》はまだか？　我々が呼ばれたのは、いったいなぜだ？」

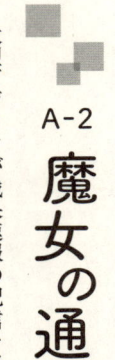

「女の子を泣かせてまわってるあんたの噂《うわさ》が、ついに上まで届いちゃったんじゃないの」

「……栄転ということか？」

「どこの星ならこの粗大ゴミさん引き取ってもらえますかね……」

平和な学校の平和な部屋のなかで、ほのぼのと会話する朱雀とつぐみが、何気なく、窓辺に体重を預けた次の瞬間。

ふいに、

『──離れて。窓から』

ふたりの耳もとに囁《ささや》き声が響いた。

妖精の吐息のようにか細く、されど鼓膜を確かに震動させるクリアな音。振り返っても、そこにはだれもいない。隔《へだ》たれた場所から、空間を越えて意思を伝播《でんぱ》させるもの。
・・・テレパスだ。
「うひい、なんか変な感じ……」

つぐみもこそばゆそうに耳を押さえた。なかなか聞き慣れないものだ。

別段、耳を物理的に遮断したからといってテレパスの音質が変わるわけではないのだけれど。

「わ、見えた見えた飛んでる飛んでる、来る来るすごいすごい！」

つぐみが窓の外を指さした。サーカスに夢中になる子どもみたいに、身を乗り出さんばかりにはしゃぎ、

「離れろと言われただろう」

「――ぐええっ⁉」

その首根っこを、カエル取りの名人よろしく朱雀《すざく》が引っつかむ。

「これまた生物の実験を思い出すな……やはり、なにごとも良い思い出だ」

「ぐえ、ぐえっ、すざ、ぜっ、ぜたい、ころす――ぐえええ……」

室内中央にまで引っ張り引っ張られ、ふたりがスペースをつくった、その刹那《せつな》。

五階の窓に飛びこんできた黒い影が、弾丸のように室内を切り裂いた。

テーブルの上で止まりきれず、勢い余って反対側の壁に激突、する寸前に天井を蹴り上げ器用に回転、反動で椅子たちに墜落。

遅れて生まれる烈風が、クリーム色のカーテンを大きくはためかせ、円形のテーブルの脚をがたがたと震動させ、ふたりの制服をめちゃくちゃにめくりあげ、

「つぐみ。薄いブルーのレースとリボンがたっぷりあしらわれて、世代平均よりいささか背伸びしたタイプの形状が外気に晒《さら》されている」

「は？　なに……」

「俗にパンツとも呼ばれがちな衣服だな」

「ぎゃー！　その回りくどい言い方は二百パーセントわざとだろ⁉」

暴れるつぐみの拳を朱雀の眼《め》に命中させる。

再び朱雀が瞳を開いたときには、荒れ果てた静寂《せいじゃく》と、新しい人影があった。

「——安全運転。成功」

それは椅子の背の上、片足だけでゆらゆらとバランスをとって、朱雀《すざく》たちを等分に眺めている。

背格好のずいぶん幼い少女だ。

古《いにしえ》の魔女のようなとんがり帽子を好んでかぶり、擦《す》り切れた大きな外套《がいとう》を肩に羽織り、猫やらトカゲやらがデフォルメされたワッペンを、支給された制服にぺたぺた勝手にデコレーションしている。

その手足はちまっこく、朱雀なら簡単に持ち運べるだろう。自分でカットしているのか、黒髪は短い眉のところで乱雑に切りそろえられている。唇は薄く、おそらく最小限の可動範囲しか持たない。見下ろす瞳だけが、唯一、ぼんやりとして大きい。

まるで魔法少女の誤ったコスプレをした小学生のようだが——

「朱雀。元気？」

「問題なく。先輩もお変わりないようでなにより」

「いや。伸びた。身長」

短く言葉を継いでいく彼女の名は、鷹匠詩《たかじょううた》。

こう見えても、立派な最上級生。朱雀たちよりも一年先輩だ。

そして、都市次席《じせき》——つまりは生徒人口が優に万を超えるこの防衛都市東京において、押しも押されぬランキングナンバー2である。

鷹匠《たかじょう》が片手に携えているのは、不可思議にねじまがった硬質な杖《つえ》だ。蛍光塗料のように発光する命気《オーラ》クリスタルと、金属に似た物質で形成した命気変換回路なるもので装飾されている。

今しがた、彼女はそれにまたがって飛んできたのだ。

東京都市全体では、比較的よく見られる能力――【世界】であるが、工科《こうか》においてはほとんど縁のないタイプの能力だった。

＊

「……ぐええ……お、終わった？」

つぐみはいつのまにか、ぎゅうっと眼《め》を瞑《つぶ》っていた。スカートの裾も必死に押さえて、未《いま》だに風圧に耐える格好をしている。

「とっくに。あんなに飛行ショーに興奮していたのに、着地まで見ていなかったのか」

朱雀《すざく》は思い出したように、襟首《えりくび》を放した。

「……そうだね。飛翔《ひしょう》能力かっこいいのにね。どうしてかな。パンツ盗み見られたあげく、首しめられて殺されそうになってたからかな？」

つぐみは残念そうに首を振ってみせたあとで、かっと眼を見開き、朱雀の向こうずねを狙ったエアリフティングを敢行《かんこう》する。

「しね！　しね！　実験失敗したカエルの毒にまみれてしね！」

「次席《じせき》の前だぞ」

「あ！」

言われて飛び上がるように姿勢をただし、

「鵜飼《うかい》つぐみ、あと朱雀壱弥《ぽんこついちや》、呼び出しを受けて参りました！」

鷹匠は少し考える素振りをして、

「……遅刻。ふたりとも」

「えっ」

「姿勢。気をつけ」

「えっえっ」

つぐみは反射的に背筋をもっと伸ばす。

それから、おずおずと片手をあげて、

「あの、遅刻っておっしゃいましたけど。あたしたち、結構前からここで待機していて」

「……知ってる。見ていた」

「そうなんですか……じゃあひょっとすると、もしかして指定された場所を間違えていましたか」

「…………」

困惑顔のつぐみに、無表情の鷹匠。

朱雀《すざく》が、そうか、と得心がいったようにうなずいた。

「次席《じせき》と面と向かって話すのは、つぐみは初めてか」

「そうだけど……」

「なら問題ない。基本的に、彼女が面と向かってしゃべるときの言葉は正反対に捉《とら》えておけばいい。一種の天邪鬼《あまのじゃく》だな」

朱雀は姿勢を楽にしたまま、特段、大げさな敬意を示さない。

鷹匠《たかじょう》もまた、とくに否定の意思を示さなかった。椅子の背からずるずると滑り降りて、荒れ果てたテーブルたちをもぞもぞと直している。

整理整頓が終わると、はふう、と息をついて、最初の椅子に座りなおした。小さな指で菓子を摘まんで食べだす魔女っ娘ルックの都市次席である。

「……なにそれ」

呆気《あっけ》にとられていたつぐみが、なんとも言い難い表情で朱雀を見る。

「詳しくはわからないが」

「うん」

「どうやら家庭の教育方針が原因らしい。本音の吐露《とろ》が許されないあまり、こうなってしまったと。この服装しかり、いろいろと演出を好む人だから、わざとやっている節もあるんじゃないかと俺はにらんでいるけれども。いずれにせよテレパスにはそういった天邪鬼さを含まないから、正確な意思伝達が要求される場合は、そちらを参照すればいい」

「……充分詳しいんですけど」

「つまり、先刻の言葉を直せば、時間前に来てくれてありがとう、と言われている。緊急警報発令に関する後方連絡に忙殺されていたせいでずいぶん待たせてしまった。特別会議を始めるまえに少し休ませてほしい、とも」

「翻訳詳しすぎて気持ち悪いんですけど！」

呆《あき》れたようにつぐみが首を振った。

「ふんが、ふんがぐっぐ……はむっ、はむぅ！」

己《おのれ》が話題になっても、いくら視線を浴びても、鷹匠はまるで気にしていないようだった。昼を摂《と》っていなかったのだろう。みっつ、よっつ、いつつ、と菓子の包みを開けてはもしゃもしゃ頰張《ほおば》るのに忙しい。

「ちなみに彼女の趣味は食べることだ」

「そこはだれでもわかります」

次第に小さな頰がハムスターのようにふくらんでいき、ふくらみきって、当然の帰結《きけつ》として喉に詰まった。

「…………ぬ！」

鷹匠は無表情に左右を見て、手だけをわたわたと振り回す。

脇に置いてあった魔法瓶を急いでつかみ取り、ぽちゃぽちゃと湯呑《ゆの》みに注《つ》ぎ、なにも確かめずに口内に流し、

「…………みず⁉」

あまりの湯の熱さに、今度は全身でのたうちまわることと相成《あいな》った。

「わ、わんわんみたい……」

都市幹部への不遜《ふそん》な感想をつぶやいて、つぐみは手で口をおさえた。

「す、すみません！　悪口とかじゃなくて！　見たままをつい！　じゃなくて！　尊敬のなかにあるあえてのかわいさっていうか！　いい意味でのかわいい的な！　いや違くて！　あわわわ！」

朱雀《すざく》はとなりで大きくうなずく。

「なるほど。そうか、これに覚えるべき感情が『かわいい』か。わかるぞ」

「……へ？」

狼狽《ろうばい》するつぐみの身振り手振りが、横っ面から殴られたかのように静止した。

「なんだ、どうした」

「朱雀のくせに、そこはわかるの？　先輩には『かわいい』って思うの？」

「理解はできる。畢竟《ひっきょう》、庇護《ひご》欲求なのだろう？　遺伝子の存続と進化発展のため、他者にある種の感情を喚起《かんき》させることによる個体の生存本能そのものを俺は否定しない」

「まわりくどいわ」

つぐみは拗《す》ねたように口をとがらせる。

「だいたいさ、都市次席《じせき》なんて日常生活で関わることないじゃない。なのになんでそこまであんたが知ってるの？　どうして意思疎通できてるの？　こういう系統に興味あるの？　幼女趣味なの？　逆に年上だからなの？　どっち方向なの？　可愛《かわい》ければ全部ありなの？　どうなの？　なんなの？　バカなの？」

「馬鹿ではない。頭脳は極めて明晰《めいせき》だ」

「んなこた知ってるやい！　どうして先輩と仲いいのバカなのバカは比喩的表現なの！」

「つぐみ、おまえ。イライラしているのはもしかして」

「生理じゃないやい！　このチッチキチー！」

「強がれるなら安心だ。でも身体は大事にしろ」

「やかましい！」

朱雀は微笑《ほほえ》み、つぐみの鉄拳《てっけん》が飛んでくるまえに、

「……わかるのは、俺が元戦闘科だからだ」

肩をすくめた。


対アンノウンを担う前線基地の一角——湾岸防衛都市東京。

そこには生徒の能力によって割り振られる、いくつもの科が存在している。

戦闘技術を改良発展させる工科《こうか》。中央医療局をサポートする衛生科。データ処理、瓦礫《がれき》撤去等の後方支援や事務方を兼任する補給科。都市の経済活動を一手に担う商科。

そして、防衛都市の花形、戦闘科。

独特のスタイルで己《おのれ》を演出するタイプの鷹匠詩《たかじょううた》と、極めて強い上昇志向を持つ朱雀壱弥《すざくいちや》は、戦闘科のなかでもひどく目立つ存在だった。違う学年でありながら、ふたりはたがいの存在を認め、将来のエースの座をたがいに争い——そして。

一年と少し前、朱雀壱弥は戦闘科からドロップアウトした。


「あー……そっか、そうなんだ……」

急速にクールダウンしたつぐみが、どこか居心地が悪そうに、唇をもにゅりと丸める。

人類愛にあふれ、不断の努力を続けてきた人間が、希望の科に配属されないということ。

それはいかほどの苦しみを与えるものだろうか。

ましてや、戦闘科と工科《こうか》のあいだでは、明確に地位の差があるとしたら。

「なんか、ごめん……」

「どうした。つぐみらしくもない」

朱雀は力強く笑い声をあげて、

「こんなこと、いちいち気にするようなことではあるまい」

「……ならいいけど」

「俺の配属希望が叶《かな》わなかった理由は、実にはっきりしている。高等部戦闘科に適正のある【世界】を発現させられなかったというだけだ。俺個人の能力不足に起因《きいん》するものであり、俺のみが抱えるべき事象《じしょう》だ。俺以外が気に病む必要はなにひとつない」

「ものすごく気にしてるじゃん……」

つぐみがぼそりとつぶやくあいだも、

「俺の問題はつぐみの問題ではない。よって、つぐみにはなにも問題はない」

朱雀は力強すぎる笑い声を上げていた。

「……みず！　みず！」

なお、鷹匠は死にかけていた。

＊

昼休みも終わりごろになって、特別会議が本当に始まった。

『宣誓してほしい。今から通達することは第一級秘匿事項《ひとく》。だれにも漏らさないで』

「ああ」

『守秘義務範囲は周囲の人間にとどまらない。そもそも本件は工科や都市のくくりより上、湾岸防衛都市機構本部――南関東管理局からの要請になる』

強風にとんがり帽子のつばを揺るがせながら、思わせぶりに鷹匠は瞬《まばた》きする。もったいぶった態度だ。そういう演出を好むタイプの少女なのだ。

テレパス能力――朱雀たちの鼓膜を不可知の力で震動させることで、彼女は無音の声を望む者のみに伝達する。

それは実務的であると同時に、神秘的な光景ですらあった。

……通常時なら、たぶん。

「ねえ」

朱雀《すざく》の傍《かたわ》らで、ぽしょぽしょとつぐみが耳打ちする。

「冷やしたタオル、持ってきてあげたほうがいいかな……」

鷹匠《たかじょう》の真っ赤になった舌は、犬みたいにへえへえ突きだされたまま、微動だにしない。火傷《やけど》したせいで、しゃべることはおろか、口中に引っこめることもしたくないらしい。よく見れば、感情に乏《とぼ》しい瞳に、うっすらと涙がにじんでいた。

「余計なことを考えるな。会議中だぞ」

朱雀は短く応答した。

「だって、すごく痛そうだし……」

「会議中だと言っている。それに鷹匠次席《じせき》は、戦闘科では〈千里の魔女《ストレンジボイス》〉として有名だ」

「〈千里の魔女〉？」

「後方からの的確なテレパス指示により、逃げる敵を軒並み屠《ほふ》るところからついた異名だ。仲間を馬車馬のごとく働かせる、容赦《ようしゃ》のない命令は、どんな筋肉戦士にも恐れられたものだ。たかが火傷ごときで議事進行に穴を開けるなど、我々工科《こうか》をバカにしているにもほどがある。そんなわけがなかろう」

「……！」

つぐみと朱雀《すざく》の視線を受けて、鷹匠《たかじょう》はぶんぶんと肯定の意を示した。真っ赤な舌を突きだしたままなので、なんだかずいぶんと必死そうだった。

「ほら見ろ。余計な配慮は要らないと」

「……いやこれ、ぜったいダメだと思うんですけど」

「はっはは、つぐみはまだ知らないんだな。鷹匠次席《じせき》の言葉は確かに天邪鬼《あまのじゃく》だが、動作身振りにそんなクセはないのだ」

「そういうことじゃなくてですね。プライドが邪魔しているんじゃないの」

「プライド？」

「年下には弱みを見せられないとかあるじゃない」

「つぐみは先輩を見くびっている。彼女はもっと理性的な人間だ。そのような不毛な感情で現実の痛みをわざわざ我慢するほど、魔女は愚《おろ》かではない。痛いと言わないのは、実際に痛くないというだけのこと。そうだろう、先輩？」

「もち……もちろん。…………あふっ、あふ……」

比類なき信頼のこもった眼差《まなざ》しを受けて、鷹匠はへえへえと犬の舌を引っこめようと努力し始めた。歯が舌先に擦れたのか、眼《め》の端にじんわりと涙の膜が盛り上がる。

「ほらな、次席も元気そうだ」

「そうだったそうよねあんたにはそういうことわかんないよね知ってた知ってるパッパラパーマンアンパンマン」

「次席の話題に、なぜ俺に対する愛称が混入する？　化石時代のアニメが好きなのか？」

困惑顔の朱雀をよそに、つぐみはコップに入った氷水と、冷やしたタオルを給湯室から調達する。

「使ってください」

「……要らない。べつに。感謝していない。とても」

鷹匠はいそいそとコップのなかに舌を突っこみ、ふああ、とあえかな吐息をこぼした。人心地《ひとごこち》ついたように、眼の端をごすごすと擦《こす》っている。

「ええと、あといちおう、各部屋には水入りのペットボトルを常備しておくよう、補給科に連絡しておきますね」

『……うん』

つぐみを見上げて、こくりと、テレパスにあわせて必要最小限の動きで首を縦に振る。濡《ぬ》れた瞳が、まるで親を見つけた野良犬のようだ。

「ああもう、かわいいなあ！　先輩かわいい！　先輩を妹にしたい！」

もはやつぐみは、ほのぼのするのを隠そうともしなくなった。時の不可逆性にチャレンジして、偉大な都市次席を抱きしめんとする。

が、横脇から伸びた朱雀の腕が、鷹匠を取り上げて邪魔をする。

「そんなことより会議の続きはどうなった。通達を早く教えろ。時間は有限だ。人は老いていくのだ。アンノウンたちは待ってくれない」

「あんたねえ……」

つぐみは鷹匠《たかじょう》を腕に庇《かば》うようにして、傲岸《ごうがん》に見下ろす朱雀《すざく》をにらんだ。

「今、舌を冷やしているんでしょ。ちょっとぐらい待ってあげてもいいじゃない」

「おまえは過保護すぎだ。甘やかしても人のためにはならない」

「もうちょっと言い方ってのがあるでしょうが」

朱雀とつぐみから右に左に引っ張り合いっこされて、

『……やめ……子ども扱いはやめて……』

鷹匠は振り子みたいに身体を行ったり来たりさせる。コップの水はあらかたこぼれて、平坦《へいたん》な胸をべしゃべしゃと濡《ぬ》らした。

『わかった。ふたりの仲がいいのはよくわかったから……』

「言われなくても、俺たちはとっくに人類愛で結ばれたパートナーだ」

「人間すべてに適応できる朱雀言語を振り回すのやめよ？　勘違いされるし腹立つし」

「なぜだ。なぜつぐみが腹を立てる要素がある？　説明しろ。コミュニケーションしろ」

『……やめて。除け者《のけもの》扱いもダメ。私次席《じせき》。偉い。私を一番にする。それが重要……』

無表情ののっぺりした頬《ほお》が、なんとなく不機嫌そうにふくれた。彼女は演出を大事にするタイプの人間である。それが上手《うま》くいっているかどうかはともかく。

「はい、よしよし！　先輩えらいえらい！」

「…………」

つぐみに犬かわいがりされた鷹匠は、無言でぐいぐいとその手を押しのけた。

帽子をかぶりなおすと、咳払《せきばら》いをひとつ落とし、

『……まあいい。私は大人だから。ふたりには期待している。向こうでもそのように連携してほしい』

「向こう？」

きょとんとしたつぐみと朱雀に、都市次席はこくりとうなずいて、

『朱雀壱弥《いちや》。ならびに鵜飼《うかい》つぐみ。両名に出向を命じる』

会議の本題を告げた。

＊

「出向……」

つぐみが少しうろたえて、鷹匠から手を離した。

「命令なら従うが。どこにだ？」

朱雀の顔に、意外そうな色がにじむ。

『……安心して。これは私の推薦であり、栄転でもある。出向先は中央指令部直属、進路指導情報局。管理局との調整の上で新設された部署だから』

「進路指導……」

『問題になっていた。前々から、生徒と進路のマッチングのこと。高等部入学時に生徒は適切な科に進んだはずだけれど、必ずしも、そのときの選択が正しかったとは限らない。その後、伸び悩む生徒も多い』

まだ中等部だったころ、朱雀《すざく》もうっすらと耳にした話だ。

高等部には、ランキングシステムがある。座学の成績や技術の習熟度、アンノウンの撃破、その他各科での優れた行動など、いかに人類に貢献したかを基準にして、ポイントが割り振られる。

このランクによって、主席や次席《じせき》、各科長《かちょう》が決まるのみならず、卒業後の内地《ないち》での扱いまでもが変わるとされる。

しかし、事務方においては、スコアを得られる機会がふんだんに与えられているわけではない。

つぐみのようなスペシャリストを除けば、戦闘で敵を撃滅《げきめつ》したほうが圧倒的にポイントを稼ぎやすい。それこそが、戦闘科が防衛都市花形と言われるゆえんだ。

いびつな階層構造は、やがて戦闘科に固執する生徒を生むことになる。

戦闘組織において、非効率な仕組みはガンのようなものだ。全体に無駄が蔓延《まんえん》していって、やがて決定的な死にいたる。

『不適格生徒のリスト。そういうものまで作られた。この問題への私なりの回答が、進路指導情報局。あなたたちはリストアップされた生徒たちと面談をして、彼らの能力値に寄り添い、適切なアドバイスをする。……その上で、場合によっては新しい道を示すことが任務になる』

「新しい道って……転科させるということですか」

『そうかもしれない』

「相手が受け入れなかったら？」

つぐみが緊張したように問う。

わずかな沈黙のあと、鷹匠《たかじょう》の眼《め》がぬらりと光る。

「……これは一種の命令。生徒の意思は問わない。進路指導情報局には成果が求められる。主席と話していたときは、この部署は別の呼び方をされていた。つまり——」


——追い出し課。


「あなたたちがやるべきこと。不適格生徒を、有無を言わせず戦闘科から叩きだす。人類のために。端的に言えばそれだけ」

人差し指を立てる鷹匠の声には抑揚《よくよう》がなく、一切の感情が見られない。

「そ、そんな……」

つぐみは完全に動揺して、朱雀を指差した。

「このコミュ能力不全マンが暗黒部署に配属されるのはすごくわかりますけど！」

「おい。誰のことだか知らないが、陰口はよくないぞ」

「目の前のあんたの悪口だあんたの！　現実を見ろ！　なんでこんな男とセットにされなきゃいけないんですか！　あたしは完全に技術畑の人間で！」

「でも。あなたは朱雀担《すざく》だと聞いたから。相方の数々の責任をとって出向しないと」

鷹匠《たかじよう》はどこか痛ましげにうつむき、

「うそおおおおお!?」

「はっはっは、面白い冗談だな」

「どこがだ!?　やっぱりあんたを今すぐ埋めてあたしも横に眠る！」

錯乱したつぐみの襟首《えりくび》を、慣れた調子で朱雀が引っ張る。

「落ち着け。鷹匠次席《じせき》のクセだ」

「な、なにが！」

「さっき言っただろう。次席は天邪鬼《あまのじやく》。面と向かってしゃべるときは、ほとんど嘘《うそ》っぱちだととらえておけばいい、と」

「え……」

瞬《まばた》きするつぐみの耳元に、

『鵜飼《うかい》つぐみ。あなたはとても優秀。工科《こうか》の天才だということは知っている。でも堪《こら》えてほしい』

テレパスが届いた。

鷹匠は悪びれない無表情でつぐみをじっと見ている。

「な、なんて迷惑なクセなんだ……」

『お願い。あなたたちなら、この世界を変えられるかもしれないと思った』

「……それはどこのヒーローですかね」

『そう。私はヒーローを待っているのかもしれない』

「魔女と食い合わせ悪そうですね、ヒーローものってやつは……」

脱力するつぐみはもはや、鷹匠の言葉をまともに捉《とら》えない。

演出好きな次席は、壮大な陰謀もまた好むタイプなんだろうな、とだけ思った。

＊

「……くたびれた……」

第一作戦室を辞したあと、つぐみはふるふると首を振った。

手元で弾いているのは、鷹匠に支給されたバッジだ。『中央司令部直属・進路指導情報局』と印字されている。

その軽くて妙に重い代物《しろもの》を、胸元につけるのがためらわれて、つぐみは探るように前を見た。

「……ねえ、どう思う？」

「賛同できない」

一階への階段を下りながら、朱雀《すざく》は振り返りもせずに応じる。

「旧時代におけるブラックカンパニーではあるまいし、こういうやり方はいかがなものだろうか」

「あ、きっちり反対なんだ。意外」

「俺は東京の仲間を信じ、愛しているからな。人にはだれしも輝く場所があるはずだ。言うなれば、十億総活躍社会だな。世界中の皆で手と手を取り合って、人類のために奉仕《ほうし》するべきなのだ」

「……いいフレーズのはずなんだけど、あんたが言うとなんかアレなんですよね……」

つぐみが胡散臭《うさんくさ》そうな視線を朱雀の背中に投げる。

「現状の問題点と進路指導情報局の趣旨《しゅし》は理解している。命令とあれば従うのが我々の務めだ。しかし、手段までは規定されていない。そうだな？」

「まあ、そうですけど」

「鷹匠次席《たかじょうじせき》にも、いろいろ思惑はありそうだ。だが、そのすべてに手を貸す必要はあるまい。俺には俺のやり方がある」

「とおっしゃいますと？」

「要するに、不適格生徒なるものが、適格生徒に生まれ変わればいいということだ。だれひとり不幸にさせることなく、平和的に世界を変えてみせようではないか。希望と夢と安心という、新しい三本の矢による構造改革だ！」

朱雀は自信満々に肩をそびやかした。

「……いいフレーズだけど、なんかなあ……」

つぐみはどこまでも胡散臭そうに朱雀を見ていた。

# B-2 戦士の日常

東の空に高く昇った日輪が、荒野に浮かび上がる近代都市をゆっくりと熱し始めていた。

街中を歩く人々にも、今日は薄着の姿がよく見られる。

「仲間から遊びに誘われたのは初めてだな。なんでまた？」

「……深い理由なんかないわよ」

「ないってこたないだろ」

「ないったらないってば」

戦闘科に属するふたりの少年少女もまた、私服の半袖《そで》シャツと七分丈のパンツ、あるいは白いブラウスとミニスカートに身をつつんでいた。

髪をふたつに結んだ少女が、ドレッドヘアの少年についていく形で、石畳が敷き詰められた街をぎくしゃくと歩いていく。

「んでもせっかくの休日だぜ。わけもなく他人と潰したりしないだろ」

となりの少年から訝《いぶか》しげに見つめられ続けて、少女はことさらにむすっとした表情をつくって、そっぽを向いた。

「……強いていえば」

「おう」

「こ、こないだの戦闘で、その……ううん、同僚の性格を理解しておくのもいいかなって思って。ほら？　戦略上有意義だし？」

「なるほどな。これも業務の一環ってことか」

「……ふん」

ぶっきらぼうに鼻を鳴らす。彼女のミニスカートは淡い花柄のフリルで優雅にあしらわれて、制服のそれよりもいくらか丈が短い。耳の端っこも、次の交差点を渡りきるまで、ほのかに赤いままだった。

ふたりの前には、区画整理された目抜《めぬ》き通りが、まっすぐに伸びている。

両側にガラス張りのビルが整然と並ぶ。幅も高さも一定の規格を守ったそれは、すべての建物が同時期に建設されたことをうかがわせる。

ビルの足元にはいくつかの露店が出ていた。

「お、焼きモモうまそー。千葉の果物、最近どんどん旨《うま》くなる気がしないか？」

「食べたいなら食べれば」

「いい？　朝飯食べてねえんだよ、俺」

「……まあ、オシャレなカフェに入ることは期待してなかったから」

少女は小さくため息をついて、列にならんだ。

自分たちよりもなお年若い店員が、あたふたと客を捌《さば》くのを眺める。中等部あたりで商科を目指す生徒だろう。

その店員に限らず、屋台のどの売り子も、彼女の後ろに並ぶ客も、行きかう人々も、ダストボックスの回収員までも、周囲は十八歳以下の少年少女で占められている。

防衛都市にはほとんど大人が存在しない。

ごくごく限られた場所——たとえば医療局や管理局といった専門性の高い職場で働くのみだ。【世界】を持たない旧時代の大人たちは、大半が安全な内地《ないち》で暮らしている。

機能性と効率性が重視された街では、娯楽の類《たぐい》はひどくとぼしい。

スポーツセンターで汗を流すか、大昔の娯楽映画に涙を流すか、公園の噴水が流れるのをぼうっと見るぐらいのものだ。

もちろん、どれを選択したところで混雑が予想されるけれど。

「このあとはどこに行きたい？　そっちのプランどおりにするけど」

「プランって……そんなのないわよ」

「でも」

「でもじゃない。でもがモモならスモモもモモで、でももすもももものうちよ」

「はは、なんだそれ？」

「どうでもいい話ってこと。あんたは好きなだけ焼きモモでも食べてたらいいじゃない」

「なんか怒ってるのか？」

「そんなわけないでしょ。馬鹿じゃないの」

少女はそっぽを向いて、小石を蹴りやっている。わかりやすい仕種《しぐさ》だ。

「……オシャレカフェに入るプラン、今からやり直すか？」

「な、なに勘違いしてるの！　そんなプラン、ないって言ってるでしょ！　これは仕事だし！　たまたま休みにぶらぶらしてるだけだし！」

「仕事か休みかぐらい、設定を統一しておいてくれよ」

「……うるさい！」

すぐ顔を真っ赤にする少女に、からかった少年は思わず笑う。ようやく調達した焼きモモをぱくついて、

「ま、確かにお休みさままだよなあ……」

平日はありつくことの難しい屋台の味に、腹をくるくると撫《な》でた。

昔、まだアンノウンがこの世に影も形も存在しなかったころ、この国に住む人間たちは月月火水木金金二十四時間、男も女も老いも若きも死ぬまで働いていたと彼らは授業の余談で聞いたことがある。

それに比べれば、防衛都市東京の職場環境は、大変にホワイトに過ぎる。

ひっきりなしに緊急の呼び出しがかかる戦闘科にも、警邏《けいら》・遊撃・待機のローテーションがきちんと組まれ、週に二日の休みが用意されている。

千葉のプラント産の果物を、神奈川で生成された出力兵装《しゅつりょくへいそう》で調理してもらい、こんなふうに味わうことだってできるのだ。

「まったく、平和になったもんだよ」

ドレッドヘアの少年は、噛《か》みしめるようにつぶやく。

「……ま、そうね。本当、この時代に生まれてよかった」

ふたつ結びの少女も、珍しく素直にうなずく。

無機質で無個性なガラスのビルの向こう側、晴れ渡った青空を仰いで、ふたりは眼《め》を細める。

それは彼らにとって、疑いようもない確かな実感であった。

昔は、平和ではなかった。

今からおよそ三十年近く前、敵は突如として現れた。

有史以来、人類最悪の天敵とされる異形の化け物。

第一種災害指定異来生物――いわゆるアンノウンは、人類の居住区を爆撃し、蹂躙《じゅうりん》し、瞬くうちに当時の社会体制を崩壊せしめた。

日本においては、二度目の東京五輪を間近に控えていた時期である。

夢も希望も、友も家庭も、クズも金貨も、すべてが灰燼《かいじん》と化し――けれど、人類は再び立ち上がった。

ありったけの戦力を注《そそ》ぎこみ、アンノウンを内陸部から追い払い、南関東湾岸部に東京都市をふくめた三つの防衛拠点をつくりあげた。

その屈辱《くつじょく》と再生の歴史は、この街で暮らす、少年少女のだれもが知っている。

「なんか考えてたら、身体がうずうずしてきちまった」

ドレッドヘアの少年がその場で掌《てのひら》をにぎにぎとさせる。指と指のあいだには、小さく稲光が走る。力が有り余って仕方がないらしい。

悪びれもせず、少女にニカッと笑いかけて、

「せっかくだから今日はこのままトレーニングしようぜ、トレーニング！　競走！」

「トレーニング……」

「ダメか？」

「べつに、それでいいわよ。そっちのがあんたらしいもんね。……私もヘンに意識しなくて気が楽かも」

少女はため息をついて、なんだか仕方なさそうに眉を下げて笑った。

「なにか言ったか？」

「なんにも言ってないですー」

「なんだよそれ」

ふたりはどちらからともなく笑いだす。

そうして目配せを交わすと、いっせいに駆け出した。

抜きつ抜かれつ、少年少女たちは同じ目標に向かって走っていく。

友情、努力、信頼、情熱、それから恋慕。

ここには美しい青春のすべてがあり、すべての青春はそれを最上のものとする。

うら若き戦士たちは、眩《まばゆ》いばかりの光とともに生きていた。

# A-3 悪魔の裁判

——同時刻、太陽の光もまるで射《さ》しこまぬ地下深く。

底知れぬ地中の闇のなかで、東京中央司令部の管理する戦闘訓練施設が、ひっそりと人工灯を起動させていた。

訓練施設はたくさんのグループが同時に使用することを前提にして、いくつものブロックに区分けされており、一ブロックは三種類の設備室によって構成されている。

電子ロッカーに汗臭いマットが敷かれた、更衣室を兼ねる休憩ルーム。

フライングマシンやら兵装バーベルやらが集まったトレーニングルーム。

そして、対アンノウン戦を想定した模擬戦闘場だ。

「くそっ……！」

地上から移植された、土埃《つちぼこり》にまみれた大地に、ひとりの男子生徒が拳を猛々《たけだけ》しく打ちつけた。

「どうした？　まだまだやれるだろう？」

頭上から、やわらかな言葉を投げられる。

すぐ傍《かたわ》らに、よりにもよって手を差しだすような格好で、整った顔立ちの男が傲然《ごうぜん》と立っている。

「……イヤな眼《め》をしやがって……」

熱意と自信に満ち満ちた眼差《まなざ》しだと、男子生徒は思った。一番嫌いなタイプだ。

普段なら、こんなやつの話など聞かなかった。

今日は少しだけ事情が違った。東京都市主席に、こっぴどく叱られたばかりだったのだ。

先日の海上戦闘で、一番スコアを稼げなかった。最近、ランキングも落ちる一方だ。おまえは下から何番目だ、とご丁寧にリストまで見せられた。

元から主席のことは気に入らなかった。『不適格生徒リスト』だかなんだか、悪趣味なものまでつくりやがって。

ふてくされて街をぶらぶらしていたときに、朱雀《すざく》と名乗る男に声をかけられたのだ。

『君の力を見せてくれないか？』

中央司令部直属のなんとか局とやらのバッジを見せられた。ただいま戦闘科促進キャンペーンをやっている、とその男は微笑《ほほえ》んだ。

『実際に俺と戦ってもらうことで、戦士たちの力を皆に知らしめたいんだ』

どこの戦闘チーム所属かと聞けば、そもそも戦闘科ではないという。

たかが工科《こうか》が、戦闘科の力を見たい？　噴飯《ふんぱん》ものだった。

ちょっとした憂さ晴らしだ。軽くたたきのめして、科の違いを見せつけてやろう。

仄暗《ほのぐら》い感情とともに、訓練施設で模擬戦闘を始めたのが、ついさっき。

頭を軽く撫《な》でられただけで、幾度となく膝をつかされたのは、自分のほうだった。

「なんでだ——なんでだ？　どうしてオレが、見下ろされなくちゃいけない？　兵装いじりしか能のない、ひきこもり科のくせに！」

男子生徒は地面をたたいて吼《ほ》える。

東京都市において厳然《げんぜん》として存在する、侮辱と差別にまみれた言葉であったが、だれも聞きとがめはしない。

「オレは、オレは！　戦闘科だぞ！」

「そうだ。君は戦闘科だ。この都市のエリートだ」

当の朱雀《すざく》本人が、手放しに肯定するのだ。

「君は空を飛ぶことができる。その【世界】を視《み》ることができるだけで、断然、他の科よりも他の都市の連中よりも優れている」

「おまえよりもだ！」

「知っている。君は、俺よりもよほどすごい。だから立ち上がろう。すぐに。すぐにすぐにすぐに。今すぐに、さあ！　君の本気を見せてくれ！」

喜色にあふれた声だった。嫌味《いやみ》なのかもしれない。

この期に及んでも、戦闘科の能力を甘く見られていると男子生徒は思った。どんなまやかしだか知らないが、ちょっとばかり、隙を衝《つ》かれただけだというのに。

「くそ、くそ——馬鹿にしやがって！」

男子生徒は煽《あお》られるように、唇をきつく噛《か》みしめた。

全身に命気《オーラ》が満ちていく。

首の裏に刻まれた紋様――クオリディア・コードが小さく光る。都市の全生徒に刻まれるこの回路は、命気増幅や兵装の端末《たんまつ》格納を目的として在《あ》るものだ。

次の瞬間、男子生徒の右手に杖《つえ》状の出力兵装《しゅつりょくへいそう》が顕現する。

命気を流しこんだ自らの得物を握りしめ、彼はゆらりと宙に浮かんでいく。

すぐに相手を見下ろす形になった。こうでなければいけない、と思う。戦闘科は、常《つね》に他科のやつらよりも上にいなければ。

「『シングル』が、偉そうな口をたたくな！」

裂帛《れっぱく》の気合いとともに、氷の槍《やり》を杖の先端に形作っていく。

「ああ、さすがにすばらしい【世界】だ」

ぼんやりと仰ぎ見る朱雀は、心の底から感心したようなため息を漏らした。

＊

【世界】。

それは、湾岸防衛都市において、少年少女のみが持つ固有能力を意味する。

この隔離された街で暮らす生徒はみな、『夢見の季節』とも形容される、ある特定の期間に夢を見た。

長い月日を経て再び目覚めたとき、だれもかれもが、それまでの人類では持ちえなかった能力を身につけていたのである。

たとえば厳しく躾《しつ》けられた少女が、どこかのだれかに心のうちを気軽に打ち明けられる夢にさまよい、オトが不要の伝達能力を与えられたように。

あるいは優しく育てられた少女が、買ってもらった人形やぬいぐるみとおしゃべりする夢にまどろみ、モノの可能性を視《み》る能力に目覚めたように。

夢のなかの風景を忠実に再現するかのごとく、各々固有の能力が造作もなく現実に披露《ひろう》されていく。

それは神の与え給《たま》う奇跡と高らかに謳《うた》われ、また同時に、至極当然な進化の一形態に過ぎないとも言われた。

ふたつの考えは決して矛盾していなかった。

たとえ天の配剤《はいざい》であろうとも人の開花であろうとも、いずれにせよ、なんらかの超常現象は今このときだからこそ発生した、と世界中のだれもが認めていたからだ。

【世界】の発現が最初に確認されたのは、アンノウンによる大規模侵攻をかろうじて退けた、戦乱冷めやらぬ時期のこと。

種の危機に瀕《ひん》して、人類は与えられ／目覚めたのである。

＊

「見ろ、これが『デュアル』だ！　選ばれた存在なんだ！」

男子生徒は、杖《つえ》につかまるようにして宙に浮きながら、氷の槍《やり》をみるみるうちに巨大化させていく。

大気が乾燥していくのを感じて、彼は無意識に唇を舐《な》めた。

操っているのは、ふたつの能力だ。

自在に空中を飛びまわる能力と、空気中の水分を凝固させて氷の刃をつくりだす能力。

系統も理屈も異なる、別個の【世界】《デュアル・コード》――それこそが、防衛都市東京の戦闘科生徒である証拠だった。

夢見の季節から目覚めたとき、少年少女たちはふたつに分けられた。

『シングル』か、『デュアル』か。

不思議なことに、飛翔《ひしょう》能力が、他の固有能力――たとえば氷の槍をつくったり、雷光を操ったり――とセットで発現する例が多かったのだ。

ひょっとしたら、空を飛ぶという概念的事象《じしょう》に、アンノウン根絶の鍵が隠されているのかもしれない。

大真面目にそう考えた当時の指導者たちによって、飛翔能力と固有能力のデュアル・コードたちは、建造されたばかりの防衛都市東京へ優先的に集められた。

以来、この街の戦闘科メンバーは、飛翔《ひしょう》能力を持つ者で占められ――

「オレは空を飛べない『シングル』のおまえよりも優れている！」

エリート意識が醸成《じょうせい》されることと相成《あいな》ったのである。

男子生徒は確かに浮遊することも、氷結させることも同時にこなせた。

存分に大きくなった氷の槍《やり》を、相手めがけてミサイルのごとく撃ち出し、男子生徒は宙に吼《ほ》える。

「はいつくばれ、くそったれ！」

「……君は確かに俺よりも優れた能力の持ち主だ。ただ、ひとつだけ誤解があるな」

眉ひとつ動かさず、朱雀《すざく》は静かに宙へと足を踏み出した。

首裏のコードが輝き、出力兵装《しゅつりょくへいそう》が格納端末《たんまつ》から顕現する。

枯れた小枝のような大きさだ。か細く、杖《つえ》とも呼べない代物《しろもの》。男子生徒のそれとは比べものにもならない脆弱《ぜいじゃく》さに満ちている。

「へっ、なんだそれは……」

鼻で笑った男子生徒は、すぐに眼《め》を疑った。

細い杖は朱雀の指に巻きつき、腕に絡みつき、肩までも浸食していく。

さながら暗い森の茨《いばら》のように、咎人《とがびと》を縛る鎖のように。非対称で奇妙な形状をした、黄金色のガントレットとして、朱雀の腕を装飾する。

東京のなかでも他に類を見ない、人ならざる固有能力――朱雀の【世界】を発現させるデバイスだ。

「俺は空を飛ぶことはできないが――翔《かけ》ることはできるんだ」

氷槍に貫かれる大地を背後に置き去りにして、朱雀は宙に浮いている。

その足元では、黒々とした球体が渦《うず》を巻いていた。

もはや杖とは似ても似つかない形状の出力兵装を装着した腕が、時空の歪《ゆが》みを発生させているのだ。

それは斥力球《せきりよくきゆう》――可変する反発力の集積体が、命気のコントロールによって、球体という形をなすものだ。人の重みを弾き返し、仮初《かりそめ》の足場となっている。

朱雀は飛び石を渡るように、男子生徒のそばまで近づく。

「さ、触るな……！」

怯《おび》えた声で手を突きだす男子生徒。

振り払われるよりも早く、朱雀は彼の頭に掌《てのひら》を押し当てた。

「君はエリートだ。選ばれた存在だ。だから、きっと耐えられる――」

「――ぐガッ！」

朱雀が左腕を振るったとたん、男子生徒は大地になす術《すべ》もなく叩きつけられた。

あまりの衝撃に、意識に一瞬の空白がはさみこまれる。

氷の槍はとうに雲散霧消《うんさんむしよう》して、周囲に水滴となってしたたり落ちていく。

経験したことのない過負荷――肥大化した重力が、全身に絡みついている。

身体中《からだじゅう》が鉛の塊になったように重い。

この男の【世界】は、引力と斥力《せきりょく》のベクトルを自在に操るらしい――と男子生徒は今さらになって、奥歯を噛《か》みしめる。聞いたことのない力だが、固有能力の特異性をあげつらっても仕方がない。

真に恐ろしいのは、特性ではなく、強度だ。

立ち上がれないのは、飛翔《ひしょう》能力を打ち消されているわけでも、操られているわけでもない。力で押さえこまれているだけだ。

己《おのれ》の飛翔能力を上回る、暴力的な重力。

仮にも戦闘科の一員として、ずっと鍛え上げてきたはずなのに。

純粋に、【世界】の強さで、負けている。

「なぜだ――」

男子生徒はほとんど恐慌のなかで思う。【世界】は、各人の夢や願望に大きく起因《きいん》するという。能力の強さは想《おも》いの強さに比例すると主張する者すらいる。

己は重力についてなど、日々考えたこともなかった。いったいどんな幼少期を過ごせば、夢見の季節にこれほどの力を身につけることができるのだろう。

「俺は君の才能を信じている。君の未来を信じている。君のすべてを信じている。愛する我が人類の一部として、君のことも愛している」

朱雀《すざく》が唄《うた》うように朗々と声を張り上げる。

「努力する君が、戦い続ける君が、あきらめない君が、俺は大好きだ」

「……うるさい、黙れ……っ」

男子生徒は全身の骨が軋《きし》む音を聞きながら、大地に抗《あらが》う。

ふらふらと舞い上がった先には、大きな掌《てのひら》。

人類を愛してやまない創造主のごとく、朱雀は満足げに微笑《ほほえ》み、そしてまたガントレットとともに左腕が振るわれる。

また地面に墜落する。

力を振り絞って、空を見る。

また左腕。また地面。空。

また左腕。また地面。空。

また左腕。また地面。空……。

またまたまたまたまたまたまたまたまたまたまたまたまたまたまた。

「どうして、どうしてだよ……！」

見上げた先には、はるかに高い天井がある。

男子生徒にとっては、日頃身近にある空間だ。空を飛べる能力を身につけてからというもの、高さという障壁を感じたことはない。

東京戦闘科に所属している人間なら、多かれ少なかれ同じだろう。他の科では縁のないはずの場所であり、戦闘科だけに許された領域。

戦闘科と、『そうではない』科。

空を飛べるものと飛べないもの。

そこには歴然とした違いが横たわっている。

だというのに——

「ググググッ……！」

男子生徒はいつまでも、たたきつけられ、地面を舐《な》め続ける。

「空を飛ぶなというのか……？」

「飛べるさ。信じれば、いつだって空を飛べる。君はこんなものじゃないはずだ。弱音を吐くまえに立ち上がるがいい」

優しく叱責するような声が飛ぶ。

今まで勘違いしていた。この男は、決してこちらを馬鹿にしているわけではなかった。

まるで逆だ。

強く敬っているのだ。人類のことを。どこまでも残酷に。対象が戦う者であるかぎり、絶対的信仰をとめてくれないのだ。

男子生徒は、胸に吐き気がこみ上げるのを感じた。初めてアンノウンを見たときよりも、今まで経験したどんなに厳しい訓練よりも、なお強い吐き気だ。

「ゆるせ……許してくれ……」

「許す？　なにを言っている？」

まるできょとんとしたふうに、朱雀《すざく》は首をかしげた。

「罪も罰もどこにもない。最初から許されている。君には天賦《てんぷ》の才があるだけだ。焦るな。きっと立ち上がれる」

そこには罵倒《ばとう》も軽蔑も一切が混入していない。それもそのはずだ。

この男には、最初からある種の愛情しかないのだ。

「信じればなんだってできる。いつでも夢は叶《かな》う。未来は無限だ。君はひとりじゃない。俺は君の味方だ。世界が君に期待している。自分の力を信じるだけだ。努力はうそをつかない。いつか空も飛べるはず」

地獄まで舗装された善意の道が、目の前に延びていくのがわかる。

情熱と友誼《ゆうぎ》にあふれた悪魔の甘い声が、耳元を蛇のように這《は》う。

「もっとできる。もっともっとできる。あきらめなければなんでもできる。死ぬ気でやればなんでもできる。ぜったい大丈夫。どうしてそこであきらめるんだ。ネバーギブアップ。無理というのは堕落の言葉だ。途中であきらめるから無理なんだ。全部気持ちの問題だ。がんばれがんばれ積極的にポジティブに。がんばりなさい立ち上がりなさい。元気に空を飛んでいこう。勇気をもって飛ぶんだ、今飛ぶんだ、すぐ飛ぶんだ、さあ飛ぶんだ、飛べ、飛べ飛べ、飛べ飛べ飛べ、飛べ飛べ飛べ飛べ飛べ飛べ飛べ飛べ飛べ飛べ飛べ飛べ飛べ飛べ飛べ飛べ飛べ飛べ飛べ飛べ飛べ飛べ飛べ飛べ飛べ飛べ飛べ──」

いやだ。

いやだいやだいやだ。

いやだいやだいやだいやだいやだいやだいやだいやだいやだいやだ。

男子生徒は、口中に塩辛い滴《しずく》が混ざってくるのを感じた。視界がぐちゃぐちゃとにじむのをとめられない。頭より先に、心が悲鳴をあげている。

ぼろぼろと涙をこぼしながら、男子生徒は弱々しく首を振る。

「もういい……もういい……」

「いいということはない。限界なんかどこにもない。終わりになんてぜったいにしない。いつまでもいつまでも、ずっとずうっと俺は味方だよ。だから君も応えてくれるだろう？　俺よりも優れた存在なのだから。戦闘科所属のエリート──」

「やめる……！　戦闘科、やめるから……わかったから……」

男子生徒は頭を抱えるようにして、大地にうずくまる。

人間が本来、離れることのできない地面。それを無様《ぶざま》に抱きしめて、掠《かす》れた声で泣き続ける。

ポキン、と。

乾ききった音が、耳元ではっきりと聞こえた。

それが自分の心の、大切な根っこが折れた音だと気がつくまでに、時間はさして要らなかった。

＊

「さ、最低だ……」

モニターでチェックしていたつぐみは、端的な感想を発した。

報告書に事実を記録することすらも躊躇《ちゆうちよ》される。

頭を抱える彼女のもとに、休憩ルームの扉が開く音が聞こえた。

「確かに最低だった」

模擬戦闘場から出てきた朱雀《すざく》は、額に掌《てのひら》を当てて、悲しげに首を振った。

「戦闘科生徒として奮起《ふんき》してもらう予定だったのだが、このような結果を招いてしまうとは。事前目標のなかでは最も低い部分に到達してしまったな」

「ごめんごめん、そうだよね、言い方悪かったよね。全面的にあたしが悪かったです。ちゃんと言い直しますね」

「うん？」

「朱雀、やっぱあんた人として最低だわ」

つぐみが噛《か》んでふくめるように言った。

「どこがだ」

「そこがだ」

「ひょっとして、禅問答《ぜんもんどう》だな？　ははは、おまえもスキモノだな」

「違うわ！　わからないところが最低なの！　というかスキモノってなんだ⁉」

「スキモノというのはだな。辞書的に解説すれば、今つかった物好きという意味の他に、快楽のためのセックスを好む――」

「ぎゃーっ！　聞いてないやいセクハラパラッパラッパー！」

「聞かれたから答えたのだが」

「聞いてないったら聞いてないやい！」

つぐみは真っ赤な顔で、モニターを掌《てのひら》でひっぱたいた。

反動で落ちた進路指導報告書を慌てて拾い上げて、はあ、と息をつく。

深いため息だった。

「……ねえ、朱雀《すざく》」

彼女の視線は、書類の末尾に記された結果報告に注《そそ》がれている。

「追い出し課に入れられて一週間ぐらいだけどさ。あんたこれで戦闘科生徒を断念させたの、何人目か覚えてる？」

「……片手の指の数は超えたな」

憮然《ぶぜん》として朱雀は眉根を寄せる。

「だが、決して本意ではない。俺はできることなら、全員に自信を取り戻してほしかったのだ。まだやれると、強くうなずいてほしかったのだ。だというのに、彼らは皆、早々にあきらめてしまって……」

「そうね。そうよね。そうだよね。むりくり自覚させて心をバキボキ折っていくスタイルだもんね」

「誤解だ。すべてはたまたまだ。俺は本来、だれかを非難することに向いていない人材だと思うのだ。家系図を紐解《ひもと》けば、俺の父も母も叔父も、代々高校の生徒会長だったという。常に正しく皆を導く側にあったのだ。俺にもその血が流れていることは想像に難くないことと思う。己《おの》が無力を恥じる」

「あんたの親や親戚の顔がなんかすごく浮かぶようだわ」

朱雀フェイスの生徒会長たちを脳裏に並べて、つぐみはげんなりとした表情をした。

たぶん、そこではとても愉快な高校生活を送れることだろう。防衛都市東京に生徒会システムがなくてよかったと、心から思う。

「ま、ともかく――予想を超える好成績だってことで、次席《じせき》権限で特別ボーナスが出るみたい。給料に加算してもいいって、さっき通信が」

「断っておいてくれ」

朱雀は即座に首を振った。

眼《め》を丸くするつぐみに向かって、顔をゆがめてみせる。

「他人を貶《おとし》めてのボーナスなど、誇るに値《あたい》しない。むしろ唾棄《だき》すべきものだ」

「はあ」

「俺は人類が好きだ。大好きなのだ。なぜ愛する同胞《どうほう》を貶めねばならないのか……」

「ほんと、あんた以外が言うと最高にいいセリフなんですけどね」

「つぐみ、教えてくれ。この任務は、本当に必要なのか？　我々は無駄なことをやっているのではないのか？　つぐみならわかるだろう」

「へ？　なんでよ？」

「恋とか愛とか、およそ無駄でしかない感情を持つことのできるつぐみだから。無駄に詳しい無駄職人的な、ほら」

「……そういうところが適任だってことだけはわかるわい」

つぐみはふてくされたように横を向いた。

「怒ったのか。なぜだ。褒めたのだ。どこに怒る要素が」

「うっさい！　このバーブーパープリン！」

朱雀《すざく》に顔をのぞきこまれて、つぐみは鼻の頭に皺《しわ》を寄せる。もしかしたら朱雀のクセが移ったかな、と頭の片隅で思う。もちろん、朱雀当人はそんなことを考えだにしなかったけれど。

「……距離が近いんですけど」

無駄職人は、つぶやくように後ろに下がった。

朱雀の視線を避けて上を仰げば、鉄筋コンクリートで組まれた円形の屋根がつぐみの視界に入る。

ひどく頑丈そうなつくりだ。

爆撃を防ぐため、何層もの鉄板を挟みこんだシェルター構造になっているというが、施設が建造されてからの二十年間、アンノウンが空から飛来した例は一度もない。

敵は海上のゲートからのみ現れ、泡とともに消えるのだ。

だからこの訓練施設は、無力な大人が怯《おび》えてつくった過剰な設備だと、揶揄《やゆ》する生徒が何人もいる。地下まで移動するのが面倒だと言って、授業以外での利用者は極めて少ない。

「……本当、人に見られてなくてよかったね」

その人気のなさが役に立ったのかもしれない。

朱雀が戦闘科と対峙《たいじ》するのは、いつもこの場所だった。

おかげでだれに見とがめられることもなく。

戦闘科の生徒たちは、いつもひとりで傷つき、心折れ、去っていくのだ。

＊

「あ……」

ふと、つぐみが声をあげた。

ひっそりと休憩ルームの扉が開いたのだ。

先ほどまで、朱雀と戦っていた――もしくは虐《しいた》げられていた――男子生徒の姿が、そこにある。

彼はもう、つぐみたちを一瞥《いちべつ》すらもしなかった。

生気の抜けた瞳で床を舐《な》めながら、併設のシャワー室に向かっていく。

「待った」

朱雀《すざく》が片手を広げて、その前に立ちふさがった。

「あんた、まだ追い討ちを――」

「おまえの資料を精査した。なぜだ？」

制止しようとするつぐみを振り切って、朱雀はまっすぐに男子生徒を見据《みす》えた。

「なぜ、おまえは急激に力を失った？」

「……急激に？」

首を傾《かし》げるつぐみに、朱雀は視線でうなずいた。

「この男は、一年時まで将来を嘱望《しよくぼう》されていた。期待の星だったのだ」

「え、そうなの？」

「そうなのっておまえ。失礼だぞ」

「…………すみません」

朱雀に諭されたことにひどく納得のいかない雰囲気を醸し出しつつ、それはそれとして申し訳なさそうに謝るという、器用な顔芸をつぐみはこなした。

「成績を落としたのは、ここ数ヶ月のことだ。怪我《けが》もない、病気もない。前触れもなく、戦闘意欲を表すスコアだけが激減した」

朱雀はつぐみの持つ資料を手にとって、現在のランキングが記された紙片を提示した。

顔写真つきのリストである。

ランキングトップにいるのは、ドレッドヘアの少年だ。

まだ一年生だというのに、前主席の緊急辞任により上級生を差し置いて主席に任命された。立場を危ぶむ声もあったようだが、現在あらゆる戦闘で活躍している。

資料用の写真にも自信のほどが見て取れるようだ。ニカッと笑って、ピースサインをつくっている。気持ちのよい笑顔だった。

そのすぐ下には、ふたつに髪を結んだ少女がいる。写真を撮る側をにらむように、むすっとした視線をぶつけてくる。せっかく美人なのだから、もっとにこやかになればいいのに、とつぐみは思った。

こちらはつぐみや朱雀と同じ二年生だ。ランキングでは安定した順位を保っているが、さらに南関東圏全体での上位をうかがっていきたいところだろう。

「これは戦闘科のエースたちなのだが――一年前までは、ほぼ変わらないスコアをあげていたのが、ここにいる彼だ」

「え――過去のランキングまで漁《あさ》ったの？　指令があったのは昨日の今日なのに……」

「当たり前だ。俺たちは進路指導情報局だぞ。対象に寄り添わなくてどうする」

「う……、朱雀のくせにド正論……」

淡々と言われて、うろたえるばかりのつぐみである。

構わず、朱雀《すざく》は男子生徒に向き直ると、

「なにか理由があるんだろう？　教えてくれないか」

「…………」

「俺たちは、拳を合わせた仲じゃないか。頼む」

頭《こうべ》まで垂れた。

「――――」

口をつぐんでいた男子生徒が、わずかに唇を噛《か》む。

真剣な眼差《まなざ》しで貫かれるのを恐れるように、視線を泳がせて、

「……俺は自分が戦えることがうれしかった。都市の皆を守るために存在していると信じていた。人類の誇りだとすら思っていた。戦闘科は、でも――知ってしまったんだ」

「知った？　なにをだ？」

「この世界には、亡霊がいる」

ぽつりと、告白した。

「亡霊《ぼうれい》……」

朱雀は何度か瞬《まばた》きする。

改めて、資料を眺めた。

ドレッドヘアの少年。ふたつ結びの少女。

そこに写っている少年少女は、だれもかれもが血色豊かだ。輝かしき青春をいっぱいに

謳歌《おうか》して、今まさに、地上を晴れやかに駆け回っていそうにすら見える。

亡霊とは縁もゆかりもなさそうな戦士たちだ。

「いったい、どういうことだ？」

「……言いたくない」

「対話を拒絶するというのか？　それは賢明な判断とは言えない。俺たちは言葉とともに文明を獲得してきた。進化に背を向けることは、過去の偉人たちへの冒涜《ぼうとく》だ。話せ。話すのだ。我々の相互理解のために」

「この人、こうなるとうるさいんですよねえ……」

眼《め》を細める朱雀に、ま－たはじまった、という顔をするつぐみ。

男子生徒は逡巡《しゅんじゅん》するように唇を開いては閉じ、

「……いや、仲間の悪口は言いたくない」

ゆるやかに首を振った。

「オレは、落ちこぼれだ。もうやめる人間だ。防衛都市のろくでなしだ。……それでも、全部が幻だったとしても、戦闘科のプライドを抱いて終わりたい」

消え入りそうな声でつぶやいて、背中を向けた。

朱雀はとっさに、その肩に手をかけた。

「……自分のことを、勝手に終わらせるな。俺も、戦闘科をドロップアウトした身だ。中等部のころは戦闘科を目指していたが、どうしても『デュアル』になれなかった。重力を操るだけでは、飛翔《ひしょう》能力とみなされなかったんだ。悔しかった。つらかった。人類を愛するがゆえに、自分が許せなかった」

それは率直な物言いだった。自分を明らかに貶《おとし》める言葉だ。

「朱雀《すざく》……」

つぐみは瞳を丸くする。日頃のポジティブなクズには似つかわしくない。そう思ってから、いや、違う、と首を振った。

「俺には問題がある。だが、俺の問題は世界の問題ではない。俺が終わっても、世界は終わらない。世界のためにやれることは、いくらでもある」

朱雀はいつもそうだ。

欺瞞《ぎまん》も自己防衛もまるでない。

常《つね》に、人類愛だけがある。

「俺たちは同じだ。だから――だから、おまえの気持ちはよくわかるつもりだ。ここが終わりではない。再び立ち上がろう。俺のように」

朱雀はゆっくりと男子生徒の横にまわりこみ、彼の腕へと手を伸ばした。

再起を促す呼びかけの握手を、しかし、男子生徒は取らなかった。

「オレとおまえは違う。もう人類のためになにかをすることはできない」

「……本気か？　一時のプライドでものを語っているなら、考え直してくれ。我々は同じ人類、都市の仲間――」

「ははっ」

言葉を遮《さえぎ》り、男子生徒は、横顔だけで薄く笑った。

「悪いが、オレたちは仲間じゃない。戦闘科に入れなかった人間がプライドを語るな」

そうして、はっきりと朱雀の右手を払いのけ、背中を丸めて歩いていく。

シャワー室に姿が消えるまで、彼は振り向きもしなかった。

# B-3 戦士の孤独

夜更け。

静まり返った寮のロビーに、声が響く。

「またひとり、転科願いが出たぜ。今月だけで七人目だ」

ソファに寝転がってしゃべっているのは、ドレッドヘアの少年だ。

周囲にはだれもいない。ローテーブルには通信端末《たんまつ》だけが置かれている。

「俺たちが作成した、不適格生徒のリストってのがあるだろ。それの下から順番に、ご丁寧に抜けていってる」

『ふうん』

彼の話し相手であるそれが、淡々とした声を返した。

「あのリストの連中さ、戦闘科じゃランキング向上の見こみがないってんで、早期内地《ないち》送りにする予定だったよな？　それが自分から転科したもんだから、しばらくそっちで様子見するしかなくなっちまった。非力なやつらが、都市に居残るってことだ」

『そう』

「俺、主席になったばかりでランキングシステムよくわかんなくてさ。周りのやつに聞いたんだよ。スコアだけで一番二番が決まるのかって。そしたら、都市生徒の意識調査も影響するって言うじゃないか」

『……そう』

「なあ次席《じせき》──皆に無断で、妙なことをしていないよな？」

『…………』

「あんた、最近は前線に出られなくて、補給科の任務を手伝うぐらいのことしかできてないだろ？　自分の【世界】が急に役立たずになったから、なにか勝手に成果を求めたり──たとえば、都市内にシンパを作ろうとしてるんじゃないかって、疑うやつがいたぜ」

通信端末の向こうで黙りこむ気配があった。

しばらくあとに、咳払《せきばら》いがする。

『……主席は。どう思う？』

「さあね。俺は自分の眼《め》で見たものしか信じない主義なんだよ」

鈍く光る通信端末に向かって、ドレッドヘアの少年はニカッと笑った。

「ま、だんだん面倒なことになってきそうだから、一度知らせておこうかと思ってさ。こんな時間に通話して悪かったな」

『感謝する。教えてくれて』

「いんや。俺は次席の戦いぶりを見たことないから、周りの言っていることが正しいかどうか判断できてないだけだ。あんたが実際に役立たずだってわかったら、違う行動をするかもしれないぜ」

『正直』

「リアリストって言ってくれ。俺は強いやつが好きなんだ」

『…………』

ドレッドヘアの少年が人懐こい笑い声を立てると、不自然な沈黙だけが返ってくる。

「んじゃな。みんなにはよく言っておくから」

首を傾《かし》げつつも、通信端末《たんまつ》を切ろうと手を伸ばす。

『ねえ。私が今どこにいるかわかる？』

その間際、唐突な疑問が挟みこまれた。

ソファに寝そべったまま、少年は欠伸《あくび》する。

「どこって……、知らないけど、女子寮じゃねえのか？」

『正解。男子寮とはずいぶん遠い。通話できるのはなぜ？』

「……なんだそれ。通信端末のおかげだろ」

手元の声を発するそれに視線を流す。

銀色の長方形の物体だ。戦前使われていたスマートデバイスに似ているが、材質も仕組みもまったく異なるものだという。今は過度期らしく、数ヶ月でデザインはめまぐるしく変わっていく。今後、フォルムはより洗練されていくだろう。

『それ。何年か前までは、もっと大きく、もっと不便だった。こんなふうに、場所を選ばず特定の人間としゃべることは困難だった』

「文明の発達ってのはすごいな」

『本当にすごい。東京工科《こうか》の成果のひとつ。端末の未来可能性を視《み》た女生徒は、まさしく工科の申し子。彼女は他にも兵装端末を改良させた実績もある。コードの力を借りて、兵装を格納する技術は、今後、全都市に広がっていくことと思う』

「……はあん。まさしく天才ってやつだな。卒業して内地《ないち》に行っても、まちがいなく重宝される能力じゃねえのか」

『そう。共通世界の発展に役立つ【世界】は、管理局からも正当に評価される。東京では工科を下に見る生徒も多いけれど、ランキング自体はきちんと機能している』

「それはよかった。ランキング万々歳だな。……で、さっきからなにが言いたいんだ？」

少年は困惑したように首をひねった。

「さっきも言ったが、俺は能力の強いやつが好きだ。よその科だろうと、認めるべき力は認めなくちゃいけないと思ってるぜ」

『なら。力のない人は』

「は？」

『不適格生徒。ランキングによって、はるか下方に格付けされた彼らのことはどう思う？』

「どうもこうもねえよ。会議でリストをつくったときも、そこはちゃんと確認しただろ。力がなけりゃ内地で働いてもらう。それが人類のためだ」

『……力不足の烙印《らくいん》をおされて。どんな扱いを受けるとしても？』

「当たり前だ。遊びでやっているんじゃねえんだぞ。昔の屈辱《くつじょく》を繰り返さないために、この都市があり、俺たちがいる。そうだろ?」

『でも……』

「次席《じせき》も立場を考えろよ。ごちゃごちゃ言うのは勘弁してくれ。もう寝るぜ」

ドレッドヘアの少年は、肩をすくめて、通信端末《たんまつ》を切った。

ポケットに放りこんで、立ち上がる。

明日もまた戦闘が待っている。

「人類は強い。人類は負けない。人類は勝ち続ける。ずっと、ずっとずっと、ずっとずっとずっとずっと――」

唄《うた》うような節をつけて、彼は彼の世界に戻っていく。

＊

でも――この世界は、行き詰っている。

小柄な少女がつぶやいた言葉は、通信端末の途絶音にかき消されるのみだった。

魔女を模《も》した帽子を自室のベッドに置いて、少女はぼんやりと虚空を眺めた。

いつ来てくれるのだろうか、と思った。

世界を壊してくれるヒーローは。

それは彼ではないかもしれない。彼女でもないかもしれない。

でも、きっとどこかにいるはずなのだ。

魔女になりきれない少女は、孤独な部屋のなかで、小さく膝を抱えた。

# A-4 天使の追憶

数日間、朱雀《すざく》は姿を消していた。

いくら通信を送っても反応がない。

男子生徒に手を払われた光景を、つぐみは何度も脳裏に再生した。

あの人類愛マシーンでも、差し出した手を拒絶されたら、気に病むのだろうか。

「うーん……」

つぐみにはわからなかった。

わからなかったので、適当にほったらかして車両いじりをしておくことにした。つぐみも大概、血管に機械油が流れているような性質《たち》である。

工科生《こうかせい》の休養日。

「……あっ！」

篭《こ》もっていた車両格納庫から久しぶりに街に出ると、ずいぶんと陽射《ひざ》しが眩しく思える。

食料の買い物にでかけたつぐみは、額に手をかざして、声をあげた。

街の広場で、見覚えのある後ろ姿が、ぼんやりと黄昏《たそがれ》ていたのである。

陽光を反射する噴水を眺めて、身動きひとつしない。

迷ったすえに、つぐみはちょこちょこと近寄った。

「あのさ……」

その肩口を、迷うように指でつつく。

くるくると男子制服をなぞって、なにかを癒《い》やすような撫《な》で方をしながら、

「えーとね、向こうの言うことも一理あると思うし、というか八理か九理ぐらいはある気がするし、あんたがどの面下げて言うのかとか思わないでもないけど、まあでも、気は落とさずに前を向いて……」

「なにを言っている？」

「へ？」

振り返った朱雀の顔は、まるで平然としたものである。

「あれ、落ちこんで街をぶらぶらしていたんじゃ……」

「馬鹿を言うな。俺は聞きこみをしていたのだ。興味深い話を聞いたからな」

「え？」

「もう忘れたのか。『この世界には亡霊《ぼうれい》がいる』、だ」

「あ、うん……」

「非科学的な言論ではあるが、そこには必ずなにかがある。成績を如実《にょじつ》に落とした事象《じしょう》が現に発生しているのだから。進路指導情報局としては、調査の必要性を感じる。たとえろくでなし野郎の口から吐かれた言葉であってもな」

常《つね》の力強い言葉には、翳《かげ》りひとつない。

「まあそうね……そうね？」

思わずつぐみが最後の単語を二度訊《き》きしたぐらいには、清々《すがすが》しさに満ちあふれていた。

「あれ？　ろくでなし野郎って、今言った？」

「ろくでなしで無能でファッキンドクズのミジンコ野郎だ」

「な、なんでそこまで言うの⁉　人類愛、どこいった⁉」

「俺は人類が好きだ。努力する人類が好きだ。戦い続ける人類が好きだ。あきらめない人類が好きだ。……だが、自分の力を有効に使わないやつは大嫌いだ。明確に道を降りたやつに、優しくするべき道理などない」

朱雀《すざく》はきっぱりと言った。

「博愛の対象から外れちゃったのかあ……」

「街のだれに聞いても、口を揃えて亡霊《ぼうれい》など知らないという。やはりろくでなし野郎の言葉だけあって、裏を取るのが難しい。そろそろ別のアプローチを考えなくてはならないと思っていたところだ。つぐみにもそろそろ声をかけようかと思っていた」

「あー……心配して損したやい」

つぐみは呆《あき》れ返ったような、それでいてほっとしたような口ぶりで、頰《ほお》をかいた。

「心配とは？」

「てっきり、気持ちが通じなくて傷ついてるんじゃないかなって。でもそうね、あんたはそういう感情はぜんぜん理解できない――」

「傷つきは、したさ」

朱雀は肩をすくめた。

「戦闘科特有のプライドがあると言われたらな。それはついぞ俺には手の届くところになかった世界だ。己《おの》が能力を悔やむことは、やはり心が痛む」

「……そっちで傷つくんかーい……」

つぐみは口ごもった。

笑い飛ばすには、少しだけ躊躇《ためら》われたのである。


防衛都市東京には、他の都市とは少し異なった規則がある。

飛翔能力《デュアル・コード》を持たない生徒を、戦闘科に配属してはならない。

つまり、戦闘科の前提条件として、空を飛ぶことが求められている。

その明文化されないルールは、南関東管理局から要請されているわけでも、歴代の都市主席が定めてきたわけでもない。

ただ、戦闘科を覆う空気が強く主張しているのだ。

俺たちは神奈川や千葉とは違う。飛べないやつらとは違う。この街は特別だ。三都市のなかで一番初めに設立された東京は、その純血性を保たなくてはならない。

東京都市には三都市のリーダーたる責務がある。

朱雀《すざく》もまた、その思想に深く共感するからこそ――高等部進学の際に、自主的に戦闘科への道をあきらめたのだ。


『――悔しかった。つらかった。人類を愛するがゆえに、自分が許せなかった』

先日の朱雀の言葉がつぐみの脳裏に蘇《よみがえ》る。

『悪いが、オレたちは仲間じゃない。戦闘科に入れなかった人間がプライドを語るな』

それを拒絶するような、男子生徒《デュアル》の誇り高き薄笑いとともに。

「……前から訊《き》きたかったんだけど」

つぐみはぽつりとつぶやいた。

「あんたはさ、行きたかった戦闘科には行けなくてさ。そのくせ戦闘科から間引きする仕事をして、あんなに人に憎まれちゃってさ」

「憎まれてはいない。人間から憎まれる道理がない。仮に俺を憎むとしたら、それはもう人類と認められない無能のクズだ。ゆえに俺と人類はいつも必ず相思相愛だ」

「……ほんとポジティブにクズだな。まあもうなんでもいいですけど――どうしてそこまでするの?」

「決まっている。人類を愛するがゆえに――」

「だから。人類愛の理由は、なに?」

個人の愛はわからないくせに、という言葉をつぐみは呑《の》みこんだ。

「なに、と言われても」

朱雀はぼんやりと瞬《まばた》きした。

肉を食べ、水を飲む理由を聞かれたかのような表情だ。

わずかの時間、ふたりのあいだに沈黙が訪れる。

その隙間を埋めるように、午後のざわめきが風に乗って流れていく。

無機質なビル群の合間には、現代の人間たちが暮らしているのだ。屋台の呼び込みの声、子どもたちのはしゃぐ声、友人を呼ぶ大声……。

空は蒼《あお》く、街には平和な空気がたゆたっている。

朱雀はそれらを等間隔に眺め、やがてゆっくりと口を開く。

「……二十数年前、この世界は一度、滅びかけた」

「それは何度も授業で習ったけど……」

「習った。そう。習っただけだな？　見ていないな？」

朱雀に問われ、つぐみは戸惑ったようにうなずいた。戦争のことなど、きちんと覚えているはずがない。

「みんなそうだ。戦争初期に、早々にシェルターに入った。まだ知らないところで知らない人が、アンノウンとドンパチやっていたころだ。そうだろう？」

「朱雀は違うの？」

「ああ、俺は違う。人類の大劣勢をこの眼《め》で確かに目撃している。『チャイルド・コールドスリープ』を受けるのが数年遅れたから」

朱雀《すざく》はじっと己《おのれ》の拳を見つめた。

チャイルド・コールドスリープ。

それはアンノウンとの戦争が本格的に始まった直後、突如として持ち上がった国家プロジェクトである。

神出鬼没《しんしゅつきぼつ》のアンノウンたちには、それまでの戦闘地域・非戦闘地域の区別が通用しない。休戦調停も人道的措置も国際世論の反発も、なにもかもが期待できない悪魔を相手にするには、未来へのリスクを極力排除する必要があった。

最優先されたのは、非戦闘員の安全確保だ。

時の政府は、すべての子どもたちを冷凍保存し、地下シェルターに強制収容することを発表した。

すでに人体実験でコールドスリープの安全性自体は確認されていたものの、それを無差別に国民に適用するなど、通常ならありえない超法規的措置だ。

各方面からの強い反対を押し切って、国家規模で推し進めることができたのは、それだけ人類が追いつめられていた証拠だろう。

未知との戦いに対する恐怖は、あらゆる理屈を超えるのだ。

「……まず、先行募集という名の奨励金つき施策で、貧乏人の子どもが一番に眠らされた。

現実に問題の起きないことを確認してから、金持ちの息子や政治家の娘が、いっとう安全な国会直下の地下シェルターに入った。それからようやく一般庶民にお鉢がまわってきて、だれもかれもが先を争うようにして子どもを眠りに就かせて――まったく、戦前の人間はどうかしている」

「でも、それが結果的にはよかったって授業で……」

「結果的にはな」

チャイルド・コールドスリープには副産物があった。

『夢見の季節』。

戦争が一段落し、順番に目覚めさせられた子どもたちは、冷凍保存中にそれぞれ特有の夢を見て、一様に異能を身につけていたのである。

いわゆる【世界】のことだ。

以来、それを頼りに、湾岸防衛都市システムが構築され、この二十年近く、社会は再び繁栄を目指してきたのだ。

コールドスリープの断行で、地の底まで落ちていた指導者たちの人気も、掌《てのひら》を返すように回復した。

もちろん、あくまでも結果論にすぎなかったのだが。

「当時はそんなことはわかるはずもなかった。とりわけうちの親のような、頭の固い、古いタイプの人間にはは」

朱雀《すざく》はかすかに顔をしかめた。

「俺の親は元生徒会長だと言ったが、筋金入りの正義漢だったんだな。政府発表を聞いて、大激怒したそうだ」

「コールドスリープに反対だったの？」

「目的そのものではなく、そのやり方にな。わけのわからん新技術が国民に強制されることや、正式な民主主義のプロセスを踏まないこと。親の社会的階級によって子どもの扱いが異なること。そういったことに強い憤りを覚えたんだろう。正義の人は、悪辣非道《あくらつひどう》な国家に猛反対して、生まれたばかりの俺のコールドスリープを、あらゆる手段で引き延ばし──結果、俺は地獄を見た」

「地獄って……？」

「これも習っただろう？　首都大侵攻だ」

コールドスリープの一般施行から五年後の、とある夏の日。

東京の全都市が、同時多発的に、苛烈《かれつ》な絨毯爆撃《じゅうたんばくげき》にさらされた。

彼我《ひが》の戦力差は歴然としていた。アンノウンの技術レベルは、まるで未知なる理論体系のはるか向こう岸にあるようだった。

死傷者は、五十万人とも五百万人とも言われる。

わずか一日で首都機能のほとんどを喪失した日本では、一時、関東放棄すらも真剣に議論されたという。

教科書で斜めに読んだだけのそういった文字面《もじづら》が、つぐみの頭を横切っていく。

「燃え盛る街。崩れ落ちるビル。泣きわめく大の大人。空を埋めつくすアンノウン。火の粉、絶叫、血だまり……。瞼《まぶた》の裏側に、あの紅《あか》と黒の風景が克明《こくめい》に刻まれている」

朱雀は視線を落として、黙りこんだ。

つぐみはかける言葉をなくした。つぐみには、朱雀がいま見ているものがわからなかった。わかる由《よし》もなかった。

つぐみと朱雀は今現在、同い年だが、おそらく生まれた年が違うのだろう。

コールドスリープに入る時期が、朱雀のほうがはるかに遅かったというのだから。

それはつぐみにとり、はるかな断絶を思わせた。

やがて、朱雀は瞼を上げた。

恐る恐る、その横顔を仰ぎ見たつぐみは、意外そうに眼《め》を丸くした。

朱雀の様子はなにも変わっていなかった。鋼の意志を宿した瞳が、青空をまっすぐに見《み》据《す》えている。

「あのときに、俺は出会ったんだ」

「……だれに？」

「天使に」

朱雀は大真面目な声で言った。

＊

今からずっとずっと昔のこと。

「パパ、ママ……」

散乱した瓦礫《がれき》の海に埋もれて、朱雀壱弥《すざくいちや》はただただ泣き崩れていた。

倒壊するビルと、そこから逃げ出す人の波に巻きこまれて、親とはぐれてしまったのだ。

まだ五歳だ。

親に連れられ、逃げ惑っていただけの知らない街だ。右手のよりどころを失えば、泣く以外のことができるはずもない。

粉塵《ふんじん》が立ちこめて、あたりはひどく薄汚い。

腐りかけのシチューのように夕陽《ゆうひ》が垂れていて、大地を真っ赤に濡《ぬ》らしている。

ぽつねんと座りこんだ自分だけが、コンクリートの皿の上で、怖い敵に食べられるのを待っている。

世界は残酷で、どこまでもひとりぼっちだった。

「ひぐっ――」

嗚咽《おえつ》するのにも疲れて、空っぽの肺が悲鳴をあげたころ。

「――泣く子はだーれだ！」

遠くから、のんびりと間延びした声がした。

まるで、かくれんぼのようにだれかが近づいてくる。

現実感のなさに、ぼんやりと朱雀が振り返ると、そこには年上の少女が立っていた。煤《すす》けているが、髪の色は確かに金髪で、瞳が夏の青空のような色をしている。もう久しく見ていない色だ。

「みーつけた。逃げないと、捕まえちゃうよー」

外国の血が入っているようだったが、言葉はひどく流暢《りゅうちょう》だ。

瓦礫のなかに分け入って、朱雀の傍《かたわ》らで膝を折り曲げる。

「お名前は？」

「い……いち……」

朱雀は咳《せ》きこんだ。粉まみれの顔を、少女はハンカチで丁寧に拭《ぬぐ》ってくれた。

懐から取り出されたそのハンカチが、この街のどこよりもずっと綺麗《きれい》だったことを、幼い朱雀は奇跡のように思った。

「いっちゃん、だね」

少女は朱雀の頬《ほお》を両手で優しくはさんだ。

「ねえ、いっちゃん。わたしを見て。わたしはどんな顔をしてる？」

「……び……」

「び？」

「びじんなおかお……」

「あら、おませさん！」

少女はおかしそうに笑った。

今から思えば、歳は朱雀《すざく》と二歳か三歳ぐらいしか違わなかっただろうが、それよりずっと年上のように感じたことを覚えている。

「そうじゃなくて、わたしの表情。どんなふうな感じ？」

「……わらってる」

「そう。そうなの。わたしはいつも笑うの。困ったときは笑顔になるの」

自分の唇を横にいーっと広げて、少女は微笑をつくった。朱雀の瞳は、彼女を大映しにしたままで固まった。

親とはぐれた五歳の少年にとって、それは百パーセントの笑顔だった。

「いっちゃんも笑おう。そうすれば、なんでもかんたんに吹き飛ばせるんだ」

「ほんと……？」

「ほんと。ぜったいほんとう！　いっちゃん、くじけそうになったら、わたしを見て。わたしはいつだって笑顔だから」

少女はにっこりと笑ったまま、朱雀をぎゅうっと抱きしめてくれる。

「覚えておいて。困ったときは、笑顔だよ！」

その腕は天使の羽のように温かく、胸の鼓動は天上の噴水のように聞こえて、まどろむような心地さえした。

「じゃあ、パパとママのところに行こ？　カナお姉ちゃんが連れていってあげる！」

少女に手を引かれて、朱雀《すざく》はゆっくりと歩き出した。

ときおり、昏《くら》く壊れた街のどこかから、なにかの崩れる音と、だれかの泣く声と、ナニモノかの軋《きし》んだノイズが聴こえる。

けれど、もう立ち止まることはなかった。

少女はいつまでも笑顔で、そのくせ強い力で、朱雀の掌《てのひら》をぎゅっと握ってくれていた。

この人は強い、と思った。病院の怖い先生よりも、近所の怒りっぽいおじさんよりも、正義漢の父親よりも。今まで出会った、だれよりも強い。

朱雀は彼女の後ろ姿を目に焼き付けながら、街を歩いた。

安全な場所に着いたら、自分のノートに記す文字を決めた。

つよくなる。

ぜったいに、つよくなる。

世界のすべてに立ち向かえるように。

きっと——この少女の笑顔のように。

＊

「——人生とは、記憶の集合体だ。過ぎてみればなにごとも思い出となる。楽しかったあのころ、というやつであるな」

どこかで聞いたセリフを繰り返して、朱雀はかすかな笑みをにじませた。

つぐみにとって、初めて見る笑顔だった。

「……それで、どうなったの？」

「なに、なんてこともない。すぐ裏手が、避難所になっていたんだ。俺はすぐ親に再会したさ。ただ、そのときにわかったのだが」

「うん」

「俺を連れていってくれた少女のほうも、とっくに自分の親とはぐれていたんだ。あっちの親は、ついぞ見つからなかった」

つぐみは黙りこくった。

自分の親は、内地《ないち》で元気に暮らしている。週に一度は映像つきの通話をする仲だ。

「自分も心細かっただろうに、あんなふうに笑えるか？　当時の彼女の倍は大きくなったのに、俺には到底自信がない」

朱雀はゆるやかに首を振った。

「ま、そういうわけで、うちの親もようやく、チャイルド・コールドスリープに同意したんだ。少女は外国籍だったようだが、戦中の混乱もあったんだろうな、一時親権者としてうちの親がサインしたおかげで、収容されることになった。俺たちはとなりの機器に入って、眠りに就いた」

「そう……」

言葉に迷ったあげく、つぐみは自分でも馬鹿みたいだと思う言葉を口にする。

「……ひとまず、よかったね？」

「どうだかな」

朱雀《すざく》は鼻の頭に皺《しわ》を寄せて、苦笑いした。

「あとはつぐみと同じだ。ぼんやりとした夢の【世界】を眺めた。俺は紅《あか》く燃える地面に縫いつけられるばかりの夢だった。空を往《ゆ》くアンノウンをにらんで、悔しい、悔しいとさけんだ」

「それで、重力……」

「目覚めたら大規模な戦争は終わっていた。あの絶望的な戦況を、人類は引っくり返した。決してあきらめず、戦い続けた英雄が大勢いたのだろう。それは名前も知られずに消えていく英雄だ。さながら、あの天使のような」

笑うところだったかもしれないが、つぐみには笑えなかった。

それは本当に天使だったのかもしれないと、一瞬でも思ってしまったからだ。

「【世界】が発現した俺たちは、もうアンノウンには負けない。ぜったいに、勝ち続けなくてはならない。俺たちは、ヒーローになるのだ。命をかけて、人類を守りぬいた無名の英雄たちのためにもな」

「……そうだね。うん、本当に、そうだ！」

心に小さな軋《きし》みを覚えて、つぐみはことさらに声を張り上げる。

「ねえ、その人の名前、憶《おぼ》えてないの？」

「正確には」

カナお姉ちゃん、あるいはカナリアお姉ちゃん、と呼んでいたような気がする。しかしそれは愛称だったかもしれない。

朱雀はそう早口につぶやいた。

懐かしんでいるようでもあり、照れているようでもある。珍しいところを見た、とつぐみは思った。

「シェルターに入るときに、フルネームも確認したはずなのだが。うた、うたう、うたい、うたら……とかいった名前だったような……」

「昔の話でしょ。実は身近なだれかだったりして。名前もうろ覚えみたいだし」

視線を逸《そ》らしつつ、つぐみは指をひとつ立てた。

「た、たとえば」

「うん？」

「う。うかい、とか……」

「なるほど」

朱雀は少し考える素振りをした。

「……いや、うかいという名じゃないな。それだけは断言できる」

「あっはい」

「というか」

「そんなはずがないことは、おまえも重々わかっていただろう」

「はい」

「なぜ俺の過去に己《おのれ》を混入させようとした？　鵜飼《うかい》つぐみさん」

「あーっ！　あーーっ！　スットコドッコイエッホイサー！」

つぐみは真っ赤な顔で奇声をあげて、道端の街路樹に頭をごんごんとぶつけた。あらぬ妄想を口走ってしまった自分を罰しているらしい。

常人ならば慌てふためくところだろうが、つぐみにはよくある発作《ほっさ》だ。朱雀《すざく》は温かく見守ることにした。

「まあ、同い年の人間でないことは確かだ。彼女は年上だった」

「……そうだった。知ってた」

ついでに言い添えると、つぐみが額をごしごしと擦りながら現実世界に戻ってきた。

「いくつぐらい上だったの？」

「さあ、一年か二年か三年か。なにぶん、昔のことだから。身体のサイズは今の鷹匠次《たかじょうじ》席《せき》と大差なかったかもしれないが、まったく記憶にない」

「鷹匠先輩。鷹匠……う、うた……うた！　鷹匠詩《うた》！　これだ！　コールドスリープで身体の成長がとまるのはまれによくあること！　どうしよう！　ぎゃー！」

つぐみは勝手に飛び上がり、信号機のように顔を紅《あか》くしたり蒼《あお》くしたりしていた。

「おまえはどうしてそう、俺の周りで人間関係を完結させようとするのか……」

朱雀はまた苦笑いする。

「それに、そんなことはありえない」

「どうしてよ。本人に確認したわけじゃ――」

「俺が目覚めたとき、となりのコールドスリープ機器は平たく潰れていたからだ」

「……え？」

「残念ながら、そこから生者は回収できなかった」


いくら安全だと謳《うた》われていても、戦時にその概念は通用しない。

朱雀たちの眠る地下シェルターは、戦闘の余波で一部崩落が起きた。

隙間から瓦礫《がれき》が落ち、その下にたまたまコールドスリープ機器が設置されていた。朱雀のとなり、天使めいた少女が眠っていたはずの機器だ。

「戦争で生死を分けるものは、正悪でも能力でも人格でもない」

朱雀は淡々と言った。

「運が悪かった――ただ、それだけの話だ」

＊

『亡霊《ぼうれい》』とやらの資料にあたるため、学校の本部棟に戻ろうと朱雀《すざく》は言った。

西に太陽が傾くにつれ、次第に石畳の上に延びる影が長くなっていく。屋台を運営していた生徒たちも寮に引っこんだのだろう。

作り物の博物館のように、街は奇妙にがらんとしていた。

「――……」

つぐみは自分の影法師をのろのろと踏みながら歩く。すっかり肩が落ちて、しょげかえっていた。

湿った睫毛《まつげ》を持ち上げて、恐る恐る朱雀をうかがい、

「その、はしゃいで、ごめん……」

「おまえに謝られる道理がない」

朱雀はにべもなく切り捨てた。そのつま先が目指す方角には、地平線の向こうで燃え盛る、落日の輝きだけがある。

「気にするな。俺は気にしない。個人を愛する感情など、全部あの地下シェルターに置いてきた」

「……それを気にしなくてどうするよう……」

「何年前だと思っている？　大昔のことだぞ。心の礎《いしずえ》となりこそすれ、今でも陰を引きず

っていたら気持ちが悪いだろう」

「うーん……」

煮え切らないうなり声を断つように、

「まあ、ともかく。こんなところでいいか？」

おもむろに、朱雀は両手を広げる。

きょとんとして首をかしげるつぐみに、呆《あき》れたように顔をしかめた。

「そもそもおまえが訊《き》いてきたのだろう。俺の人類愛について。その理由が、これだ。個人ではなく、人類を総体として愛することに決めたがゆえに、俺は戦っている」

「ああ……うん。うん！　なんか、ようやくわかった気がする」

つぐみは深々とうなずいた。

朱雀と同じ方向を眺めて、何度か瞬《まばた》きする。まぶしいものを見るような、あるいはヒキガエルがナニモノかに変身したところを見たような眼《め》をしていた。

「朱雀もちゃんと人間やってたんだね……」

「どういう意味だ？」

答えず、つぐみは自分の影をまた踏んだ。いくら踏んでも追いつかない影との追いかけっこに没頭しながら、ぽつりとつぶやく。

「……会ってみたかったな」

「どこかに記録が残っていればよいのだが」

朱雀《すざく》はその目的語を正しく理解して、肩をすくめる。

つぐみもマネっこのように片方の肩をすぼめてみせた。

「せめて名前が正確にわかったら、検索しようもあるのにね」

「カナお姉ちゃん、だけじゃどうにもならないな。だがまあ、先も言ったが、過去をほじくりかえしても仕方がない。我々は常《つね》に前を見るべきだ」

「あんまり言いきられてもアレだけども」

「墓でもつくりたいのか？　戒名《かいみょう》を入れるのに本名が必要だと、そういうことか？」

「いや、うーん、そこまでは……」

「そうだな。墓はただの自己満足だ。対象は死んでいるんだから感情もなにもない。死者は無だ。無になにをかけても無意味にすぎる」

「やっぱし朱雀さん、情操《じょうそう》教育に問題があるんですよねえ」

つぐみは眼《め》を半分にする。王子がヒキガエルに戻る瞬間を目撃してしまったような顔をしていた。

「なんだ。おまえは人の墓をつくりたがるタイプか？」

「そういう言い方は語弊《ごへい》がありますなあ」

「俺のぶんは不要だ。スペースの無駄だから、どうしてもというならつぐみと一緒の墓に入れてくれ。俺とおまえの仲だし、いいだろう？」

「それもちょっと語弊があるんですけど!?」

なにを想像したのか、つぐみが頬《ほお》を赤くして手を振り回したときのことである。

ふたりの通信端末《たんまつ》が同時に鳴り響いた。

鷹匠《たかじょう》からの連絡だ。

「……次の対象者が決まったって……」

「まったく、人類ヒマなし、追い出し課に休みはなし」

ため息をつく朱雀は、つぐみが瞳を大きくさせていることに遅れて気がつく。

「どうした？」

「……対象者のデータが、一緒に送られてきたんだけど」

通信端末の画面上でファイルを開くと、一番に写真が開かれる。

「なんか、さ……」

「……これは……」

朱雀もまた、つぐみと同様に眼を見開いた。

そこに映っているのは朱雀たちと同い年ぐらいの少女だ。

名前は、『宇多良《うたら》カナリア』。

夏の青空のような瞳をした娘が、にっこりと笑っている。

まるで、いつでもどこでも、笑顔を保つ天使のごとく。

# B-4 戦士の亡霊

太陽もまだ完全には覚めやらぬ、東の空が白むばかりの早朝。

東京都市から少し離れると、すぐに荒涼《こうりょう》とした大地が広がっている。

そこにあるのは、膨大な瓦礫《がれき》たちだ。

倒壊したコンクリート。引き裂かれたビル。崩落した地下施設。溶けて固まる車両。細かく散らばるガラス片。灰と水たまり。粉とヘドロ。

それらすべての寄せ集まった匂いが、錫《すず》色の大地にこびりついている。

この地で新たにつくられたものと言えば、三都市と管理局を結ぶ、都市間列車用の線路と軍事道路だけだ。それも瓦礫の山を貫くようにして、無骨に延びるばかり。移動経路の両側には、復興の気配も意志もない。

商科の生徒たちとごく少数の大人によって、隅々まで清潔に管理された街並みとは、まるで真逆。戦争の爪痕が禍々《まがまが》しく刻まれたまま、あたりは戦略的に放棄されている。

数年前の調査では、野犬や山猫の類《たぐい》も見つからなかったという。生きとし生けるものは皆、内地《ないち》や防衛都市へ逃げてしまったのだ。

ここは真実、死んだ世界だった。

その静止した風景に、唯一、動く影があった。

「安全確認、よし」

「よし」

十数人で構成された、少年少女の一団——

陸上哨戒《しょうかい》任務中の、戦闘科第一班である。

「……退屈だな」

瓦礫をつま先で踏み分けながら、ドレッドヘアの少年が隠そうともしない欠伸《あくび》をした。

となりのふたつ結びの少女が、呆《あき》れたように腰に手を当てる。

「これも立派な任務よ。人類の代表だという意識を持ちなさいよ」

「言ってもさ。そっちだって、さっきから鏡で自分の髪いじってばっかだろ。なんかを意識でもしてるのか？」

「み、見てたの!?　そ、そういうんじゃないわよ、別口なんだから！」

「別口ってなに口だよ……」

少年は笑って、また欠伸をする。

海上を飛び回るときと違い、彼らの行軍には緊張感がなかった。

それも仕方がないことだ。ここ数年間、アンノウンが東京湾ゲート以外のポイントから現れた記録はない。

敵を倒してランキングスコアを稼ぎたい生徒たちにとっては、陸上哨戒は『外れ』の任務とされていた。

「なーんで俺たちにこんな任務が回ってきたのかなあ」

「『シングル』がいるから、じゃないの？」

「はっきり言うねえ」

ふたつ結びの少女に釣られて、ドレッドヘアの少年はちらと後方を振り返った。

「……っ」

いつものメンバーと違う女が、こちらの視線に気がついて、慌てたように会釈する。

ついこないだ転校してきた、高等部二年の女だ。

金髪で、日本人離れした顔立ちだが、言語は流暢《りゅうちょう》にあやつっている。

別都市では戦闘科に配属されていたからという理由で、この都市でも戦闘科に留め置いてくれという。各班のあいだでたらいまわしになったあげく、しぶしぶ、一班が引き取ることになったのだ。

違う都市から来た彼女は、空を飛べない。

海上道路が整備されている神奈川や千葉ならいざ知らず、湾最奥の東京では、空を往《ゆ》かずして前線に出ることは難しい。

出力兵装《しゅつりょくへいそう》こそ、東京風に仕立てた杖《つえ》を工科《こうか》から調達しているようだが、肝心の戦闘能力もてんで未知数だ。

ましてや、ここは飛翔《ひしょう》能力を矜持《きょうじ》とする街だ。

——厄介者を抱えこまされた。

それが大方の共通見解だった。

「………………っ！」

まだ金髪の女はぺこぺこと頭を下げている。

少年は手を振り、少女は会釈を返さなかった。

再び、彼らは前を向く。

「……まだ海のものとも山のものともつかないってのに」

「なに？　態度が悪いって言いたいの？」

少年の独り言から、非難めいた感情を受け取ったのだろう。少女はムキになったように、少年をきつく見上げた。

「理由もなく転校してくるわけがないでしょ。どうせ面倒事を抱えているに決まってるわ。ただでさえ、最近はややこしい噂《うわさ》が広まっているのに」

「ややこしいって、『亡霊《ぼうれい》』のことか？」

「う、え、まあ……」

何気なく問われて、少女は口ごもった。ちらと周囲の様子を窺《うかが》う。

『亡霊』——その単語は、戦闘科のなかでまことしやかに囁《ささや》かれているものだった。

「あたしはまだ、その、実際に見たことないから、よくわかんないけど……」

彼女は曖昧に言葉を濁す。

一年若い彼は、そうした空気を意に介するふうでもなく、

「おまえなあ、いい歳して何言ってんだ。現実を見ろ。そんなもの、どこにもいねえよ。『亡霊《ぼうれい》』なんてのは、俺たちの世界には無関係だ」

笑って断言した。

「みんな余計なことを考えすぎなんだよ。俺が気になるのは、あの女の強さだけだ」

「……あんたは考えなすぎ。飛べなきゃ強さもなにもないじゃない」

「強さの尺度ってのは、もうちっと広いものだと思うんだよな。神奈川は怪力ゴリラが率いる戦闘民族だっていうし、千葉はどいつもこいつも渡航ビザすら却下されそうなクソヤンキーだ。案外、転校生さんも戦うだけなら俺たちよりも強いかもしれない」

「そんなはずないでしょ？　スマートな東京戦闘科を舐《な》めないでよね」

「まあ俺だって負けるつもりはないけど。力を測るのは、戦闘が起きてからでも遅くないって話だよ」

「……やけにあの子の肩を持つわね」

少女の眼《め》がキツネみたいに細くなって、

「あんた、ああいうのが趣味？　胸大きいもんね。ふーん、あっそう。さいですか！」

益体もない言いがかりをつけるとともに、ずんずん先に歩いていく。

少年はぽりぽりと頬《ほお》をかいてから、

「大丈夫」

少女の手をつかんで引き戻し、またニカッと笑った。

「今んとこ、俺はおまえのほうが好きだぜ。明らかに強いもんな」

「は？　な、なにが大丈夫なのよ！　馬ッ鹿じゃないの!?」

眼をまんまるにした少女の顔が、とたんに真っ赤になる。握られた掌《てのひら》を振りほどこうと、ふたつ結びの髪が左右に激しく振られた。

「いちゃいちゃは寮でやってくれないかな」

周囲から、にやにやとした笑いと、からかうような声が飛ぶ。

「どういう意味よ！」

「わー、瞬間湯沸し器が怒った」

「ちょっと!?　今言ったのだれ!?　出てきなさい！」

だれかれ構わず食ってかかる少女のまわりを、仲間内特有のくだけた笑い声が包む。

「……そろそろ行こうぜ。立派な任務って言ったの、だれだっけな……」

ひとりつぶやいて、特段意識している様子を見せない少年だ。

寒々しい風景のなかでも、戦闘科の日常は変わらない。

遠くに浮かぶ防衛都市の尖塔《せんとう》のてっぺんを、曙光《しょこう》がちろちろと舐め始める。

己《おの》が力の象徴である杖《つえ》状の出力兵装《しゅつりょくへいそう》を握りしめ、人類を代表する、誇り高き彼らは灰色の荒野を進んでいく。

＊

数時間ののち、割り当てられた地域をつつがなくめぐり終える。

哨戒《しょうかい》任務は本日もなんの戦闘もなしに終わろうとしていた。

都市の陸上門まで戻ると、先頭に立っていたドレッドヘアの少年は仲間に向かって振り返る。

防衛都市外区域への出入りは、アンノウン警報が鳴ったときのスクランブルか、この哨戒任務のように特別な場合のみ許可されている。

無意味なルーチンワークであっても、人員点呼は必ず行《おこな》わなければならない。

けれど今回のそれは、儀式の範疇《はんちゅう》にはなかった。

何度数えても、そこには見慣れた仲間の顔だけがある。金髪の少女はいつのまにか姿を消していた。

次第にざわめきだす仲間たちのなかで、

「……『亡霊《ぼうれい》』なんていない。いるわけがない。俺はなにも見ていないぞ、と」

少年は眼《め》を眇《すが》めて独《ひと》り言《ご》ちた。

# A-5 歌姫の恐怖

午前六時半。

宇多良《うたら》カナリアの朝は早い、らしい。

戦闘科一班に割り当てられた休みの日を狙って、朱雀《すざく》とつぐみが寮部屋を訪問すると、すでにカナリアの姿は見当たらなかった。

同室の少女の証言によれば、この時間はいつも、自主的にトレーニングをすると言って出かけているという。

「さすがは戦闘科。感心じゃないか」

「そういうとこ、あんたはやたらと評価するよね」

「うむ。朱雀ポイントを3あげよう。100まで貯《た》めれば、世界をともに支える人類愛ヒーローとして俺が認定する」

「死ぬほどいらないわあ」

「ちなみにつぐみ、おまえはもうとっくに100ポイントあるからな」

「強制付与タイプでしたかあ」

つぐみは早くに起こされて、ひどく眠たげだ。

同室の少女に朱雀の連絡先を伝えて、ふたりは寮をあとにした。

全科共通のグラウンドに降りると、果たして、すぐに金髪の少女が見つかった。

校庭隅の陸上トレーニング用スペースのところだ。

前の開いたジャージ姿で、一生懸命、一番低い鉄棒にぶらさがっている。

「ふ……ふっ……！」

大きく頬《ほお》をふくらませ、真っ赤な額に汗をにじませ、いかにも気合いは抜群だ。ぴーんと高く伸ばした腕が、限界へのはるかな挑戦を示すように震えている。

あえて言うならば、地面につま先がぴたーんとくっついて、なんら身体が浮いていない――かつ、おそらく本人が気づいていない――ところが玉に瑕《きず》であったが、もちろん些細《ささい》な問題に過ぎない。朱雀は努力する姿勢を大いに重んずるものだ。

「朝も早くにご苦労」

心の底から盛大に拍手して、朱雀たちは彼女の側へ近づいた。

「……？」

ブロンドの少女の視線がゆらりと持ち上がる。ひどく長い睫毛《まつげ》までもがブロンドだ。

洗いたての陽光が儚《はかな》い髪色に編みこまれ、金紗《きんさ》の織物に似た色彩をつくりだしている。

透き通るような雪白の肌も、繊細なバランスを保った目鼻立ちも、なにもかもが、北欧の森に棲《す》む精霊をつぐみに想起させる。

ぞっとするほどに人間離れした容貌《ようぼう》だった。

瞬《まばた》きする彼女の瞳が、朱雀《すざく》たちとかち合う。色素の薄い群青色の双眸《そうぼう》だ。

そのとたん、

「えっ――」

少女の手はつるりと滑って鉄棒を離れ、砂埃《すなぼこり》とともにしりもちをついてしまった。

「あいたたた……」

臀部《でんぶ》を擦り、膝をついて地面によつんばいになる。情けなさそうに、眉尻がへろんと下がった。

そうした表情をすると、神秘的な雰囲気は一瞬で掻き消えて、年相応の少女になるようだ、とつぐみは思う。

掌《てのひら》から力が抜ける。いつのまにか、彼女の外見に身構えていたらしい。

「大丈夫か」

そういった人間らしい感情とは無縁の朱雀が、手を伸ばして少女を引き上げつつ、世間話のように探りを入れる。

「朝はいつもここにいるのか？」

「…………」

「なにか？」

「あ、は、はい！」

朱雀をぼうっと見ていたブロンドガールは、気を取り直したようにぶんぶんと首を上下させる。

「えと、わたし転校してきたばかりなんですけど、いろいろ力が足りないことはわかっていて、それで訓練がしたくて……この時間だと、自由にグラウンドが使えるので！」

「大変すばらしい。感動した。ポイント5」

「ありがとうございます！　これは何のポイントなんでしょう！」

「貯《た》めるとヒーローになれる」

「うれしいです！　わたしがんばります！」

少女の周りにぱあっと花が咲いた。朱雀《すざく》もまた、満足げに唇の端に笑みを湛《こら》える。

出くわしたばかりだというのに、ふたりはとっても仲良しになれそうな空気を醸し出しているように、つぐみには思えた。

「あーっと、ちょっといいですかね」

なんとなく、そのあいだで居心地が悪そうにしながら片手をあげる。

「宇多良《うたら》カナリアさん、で合ってる？」

「そうですが……えっと？」

「はじめまして。東京中央司令部所属、進路情報指導局の鵜飼《うかい》つぐみです」

「同じく、朱雀壱弥《いちや》だ」

「はあ……」

カナリアはしばらく、きょとんとしたように眼《め》を丸くしていた。

それから、何事か自分のなかで納得したように、何度かうなずき、

「……はじめまして！」

朱雀もうなずきを返し、

「転校してきたばかりなら、わからないことも多いだろう。俺たち進路指導情報局はそのためにある。君のサポートをさせてくれ」

「ありがとうございます！　大変助かります！」

カナリアは姿勢を正すと、右手を額に当てる形の敬礼をした。肘の角度がまっすぐ四十五度に張って、なかなか綺麗《きれい》なフォームだとつぐみは思った。

あと、そうやって胸を張ると、肉感的なボディラインが強調されている気もする。どことは言わずとも、かなり大きい。つぐみは己《おのれ》の身体を見下ろし、生まれながらの不平等について思いを馳《は》せることにした。

「なにか困ったことはないか？」

「今のところ、問題ありません！　良好です！　なんでもできます！」

「……なんでも？」

朱雀が反射的に問い返す。

「はい！　なんでもしちゃいます！　なんでもかんでもあらゆることを！」

やわらかそうな胸を無防備に張りだして、満面の笑みでうなずくカナリアである。

「じゃあ……」

腕組みした朱雀《すざく》が、カナリアの肢体をじっと眺めまわした。

上から下まで視線が往復すると、ぴたりと脚のあたりに視線がとまり、

「空を飛ぶこともできるな？」

「へっ!?」

「これは東京戦闘科の基礎能力のようなものだ。その技術を有していると知られれば、仲間からの信頼を得るのも容易だろう」

「そ、そうですね……」

「カナリア。君の固有能力はなんだ。夢見の季節に見た夢は？」

「……みんなが笑顔になる夢です！」

「空は飛ばなかったのか」

「う、うう……」

カナリアは大量の汗をぱしゃぱしゃと噴き出させて、自らの掌《てのひら》をぎゅぎゅっと困ったように擦《こす》り合わせる。

朱雀は眉間に皺《しわ》を寄せて、

「とすると無理か」

「む、無理なんて言いません！　わたしに二言はありません！」

「しかし現実的に」

「飛べます飛べます！　今すぐ飛びます！」

自らの言葉に背中を押されるように、カナリアはぐっと唇を噛《か》む。

そうして次の瞬間、

「えいっ！」

飛んだ。

より正確に言えば、ぴょんぴょん、その場で跳びはねてみせた。

垂直跳びワールドランキングで七歳児あたりといい勝負ができそうなジャンプだ。

足が無意味に折り曲げられ、両手が水平にあたふたと広がり、内側から震動するふくらみによって激しく押し上げられたジャージが、ぶるんぶるんと悲鳴をあげている。

「…………」

「はっ！　やっ！　とっ！」

「………………」

上下15センチぐらいの空間を、必死な掛け声が横切っていく。

その光景を、朱雀は鋭い眼差《まなざ》しで眺め続けた。

しばらくして、

「……できそうか？」

真顔で問う。

カナリアもまた、真顔で首をぶんぶんと縦に振る。

「もうちょっと！　もうちょっとでいけそうな感じが！　いまいまほら！　今のご覧にな

りました⁉　これはすごい！　すごいですよ！　飛んでる感じがすごくしてきてます！」

「そうか。俺は君の味方であり、君の可能性を常《つね》に信じるものだ」

「ありがとうございます！　わたしがんばります！」

「いい返事だ。続けてくれ」

「はい！　やあ！　てや！」

「がんばれ、がんばれ。がんばれ、がんばれ、がんばれ」

「応援！　感謝！　です！」

以心伝心、傾蓋知己《けいがいちき》。カナリアは汗水たらして努力を重ね、朱雀《すざく》は満腔《まんこう》の信頼とともに温かな声援を送る。

ふたりは完全に噛《か》みあい、終わりなき円環の理《ことわり》がそこにあった。

「……これはダメスパイラルですね……」

ひとり、つぐみが頭を抱えた。

ツッコミ不在の美しきシュールレアリスム空間に、いたたまれなくなったらしい。

「なんだ、おい、どうした」

「ちょっと作戦会議……」

相棒の袖《そで》口を引っ張って、無理やりに鉄棒から引き離していく。

充分離れたところで、朱雀は不機嫌そうな顔をした。

「手短にしてくれ。熱心な訓練の最中に、失礼だろう」

「あのね」

つぐみはため息をついて、

「……あの子、どう思う？」

「よくがんばっていると思う。ポイント100」

「あんたの評価基準はガバガバか！　じゃなくて！」

新たなヒーローが並び立ってしまったことにつぐみは地団駄《じだんだ》を踏んだ。

「気にならないのかって言ってるの」

「なにが」

「だから、その……昔のほら、天使みたいな子を、なんだろう、思い出すっていうか……同一人物なんじゃないかって思う？」

言葉のテンポが少しずつ悪くなっていく。

「人違いだろうな。彼女の時間はあそこで止まっている」

朱雀《すざく》はあっさりと首を振った。

「でもでも！　なにかの思い違いってこともあるかもだし。昨日は、写真がすごく似てるって……」

「確かに面影《おもかげ》はあるが、実物を見れば違いは一目瞭然《いちもくりょうぜん》。俺が思い出の少女を判別できない人間だと思うか」

「まあ、あんたの個別認識能力は全然信用してないですけど」

「……おまえな。第一、歳が違う」

彼女は高等部二年に所属している。朱雀たちとは同い年だ。

「だけど、歳だけなら朱雀の思い違いってこともあるし……」

つぐみたちが調べたデータでは、カナリアの生年月日やスリープ解除日、血液型、出身地、その他多くの部分が空欄だった。

けれど、おそらく転校の際の手続きの問題だろう、と朱雀は言う。

「数字上の問題ではない。あのとき、確かに彼女はいくつも年上の姉のようだった。今のあれが、本当に俺の証言と一致するか？　まるっきり同じ人間だと思うか？」

「……まあ、ちょっぴし、想像と雰囲気は違うなあ。お姉さんという感じはしないかも。なんだろう、その、うーん、よい意味で的な……」

つぐみはためらいがちに言葉を選んでコメントした。

朱雀はその微妙なニュアンスに気づくこともなく、

「そうとも。よい人間だ。あきらめず、信じ、努力を続ける仲間だ。……しかしそうなると、なぜ追い出し課にまわされたのか、まるで理解できないな」

「朱雀さん本当、人類に甘いんですよねえ」

「やる気のある人類にな」

「うーん、そうね、まあそうか、やる気に満ちあふれてそうではある……」

つぐみは再び慎重に言葉を選んでコメントした。

朱雀《すざく》は我が意を得たりとばかりにうなずいた。

「おまえもそう思うか。ここに我々は意見の一致を見た。いったいカナリアという娘には、なにが足りないというんだ？」

「……そりゃ飛ぶ能力じゃないの？」

「今にも飛びそうだったぞ？」

「だからあんたの眼《め》はガバガバか！　ああいうのに騙《だま》くらかされて、二束三文《にそくさんもん》の絵とか壺《つぼ》とか買わされたあげくに結婚しちゃうタイプか！」

「よくわからないが、婚姻《こんいん》を結んだならばハッピーエンドなのではないだろうか」

「スーパーウルトラバッドエンドだい！」

つぐみは言葉を選ぶことを捨て去って、二度目の地団駄《じだんだ》を踏んだ。玩具《がんぐ》を買ってもらえない子どもが拗《す》ねているようでもあった。

「おまえはおかしなところでムキになるよな……」

朱雀が真顔になる。

「そもそもだ。仮に戦闘科が飛翔《ひしょう》能力の不足を不満に思うにしても、判断が早すぎる。彼女は転校してきたばかりだぞ。それに、なぜわざわざ遠回しに追い出し課を使う？　直接告げればいいだけだろう」

「それは！　……あれ、なんでだろ？」

つぐみが返答に窮《きゅう》したとき、

『探した』

ふたりの耳もとに、聞き覚えのある囁《ささや》きが物理法則を無視して届けられる。

『こっちに。話がある』

見れば、グラウンドの端を、散歩するような足取りで紫色の三角帽子が歩いていく。

あの特徴的な後ろ姿に、思い当たる人間はひとりしかいなかった。

朱雀たちは顔を見合わせると、未《いま》だぴょんぴょんし続けるカナリアに向き直る。

「すまない、ちょっと呼び出された。トレーニングを続けておいてくれ」

「はい！　お任せあれ！」

びしっと綺麗《きれい》に敬礼するカナリアをその場に残して、ふたりはテレパスの呼ぶほうへと向かった。

＊

「……正体不明？」

顔をしかめた朱雀に、鷹匠《たかじょう》はかすかな首の動きだけでうなずいた。

魔女めいたとんがり帽子が、排気ファンから吐き出される、熱気のこもった風に煽《あお》られてゆらゆらと揺れる。

『そう。宇多良《うたら》カナリア。その基礎的データ、たとえば生年月日やスリープ解除日、出身地等々、多くの部分がわからない。姓名すらも本人の申告のみによる』

「どういうことだ。転校元のデータを漁《あさ》ればいいのではないか」

『ない。すでに削除されている』

「……この時期の転校例を他に知らないのだが、それが通常のやり方なのか？」

『違う』

対象を絞ったテレパスが、朱雀《すざく》とつぐみの耳もとに忍びこむ。

朝っぱらから、車両整備基地の内部では、工科生《こうかせい》の操るクレーンやコンプレッサーの金属音が大きく響いている。

迷彩色に塗られた鉄筋の高い屋根が、三人のすぐ頭上に迫っている。ここは鉄筋で組まれた足場の三階だ。

周囲に話し声が漏れ伝わる心配はないだろう。怪しい人影の接近は梯子《はしご》をチェックしていればすぐにわかる。聞かれたら困る類《たぐい》の話をするには、もってこいの場所だった。

しかしどうせテレパスを利用すればいいのだから、わざわざシチュエーションにこだわらなくてもいい――とは朱雀は言わなかった。

東京都市次席《じせき》は、高いところと演出を好むタイプの人間なのである。

『都市運営上。個人データを削除するなど、本来はありえないこと』

鷹匠《たかじょう》は重々しげに指を振る。

『きなくさい。他都市が絡む案件は、いつだって陰謀の匂いがする』

「やけに楽しそうだな……」

「そ・う・で・も・な・い」

今度は即座に口を動かして応じる。鷹匠の無表情な瞳の奥で、ほのかな光が躍っているようだった。

「私は次席。都市の問題に対処するのは当然のこと。珍事件に喜・ん・で・な・ど・い・な・い」

「興奮する先輩はかわいいなあ……」

「おまえな。子どもの頭を撫《な》でるのはやめろ」

うっとりとする鷹匠のとなりで、ほのぼのとするつぐみのさらにとなりで、やれやれとする朱雀である。

『……上級生。私とても偉い。子どもではない……』

鷹匠の抗議は黙殺された。


「しかし、わざわざデータを消す意味がどこにある？」

鉄骨の足場の上をゆっくりと歩きながら、朱雀がだれにともなく問う。

「それは、東京に見られてはいけない記録でもあったんじゃない？」

眼下で行《おこな》われる車両整備の金属音に、好ましそうに眼《め》を細めながら、つぐみが応じた。

「たとえば？」

「……本当は戦闘科所属ではない、とか」

「そんなことを騙《かた》って、いかなるメリットが」

「うーん……」

つぐみは口ごもってから、ぱっと眼《め》を輝かせた。

「あるよ！　メリットある！　戦闘科に転入する大義名分ができる！」

「ほう」

飛翔《ひしょう》能力がない身で、東京戦闘科に進学して居座ることは難しい。自他ともに醸成《じょうせい》されているエリート意識が、それを許さない。

しかし他校の戦闘科所属の人間だと言っておけば、ただでさえ微妙な都市間の関係上、すぐには追い出しにくいという論法だ。

人間は本能的に争うようにできているのだろう。皮肉なことに、アンノウンの攻勢がゆるんだ今では、各都市間の競争のほうが熾烈《しれつ》だ。

他校戦闘科のデータも、そういう観点では宝の山だ。実態戦力を詳細に把握できれば、合同作戦で出し抜き、ポイントが稼ぎやすくもなる。

『確かに。宇多良《うたら》カナリアは空を飛べないにもかかわらず。転校先でも戦闘科に入りたいと、強硬に主張した』

鷹匠《たかじょう》の補足を受けて、つぐみが指を鳴らす。

「つまり、カナリアさんの正体は、データ管理が専門な補給科出身スパイ！　やはりか！

あの胸はちょっと怪しいと思ってた！　たいへんですよこれは！」

「俺はその判断に賛成しない」

「なんで⁉」

「なぜって、本当のスパイなら、ダミーデータを入れておけばいいだけだ。データ削除などという粗雑《そざつ》な手段はとらないだろう」

「あ、そっか……」

つぐみはしょんぼりとしてうなだれた。

「それに胸は関係ないだろう胸は。あれは間違いなく自前だ」

「うるさい。ていうか朱雀《すざく》さん、人の胸にお詳しいですね……」

「訓練している姿を見ればわかる」

「ほほう。詳しく」

「あれほど熱心に訓練する女がスパイなど、ナンセンスに過ぎる。きっと今も……今も？」

朱雀がグラウンド方向に視線を飛ばすと、ちょうど移動式前線配置型通信設備システムの巨大なアンテナが窓を遮《さえぎ》っていた。

「……こいつ邪魔だな。つぐみ、おまえの未来可能性を視《み》る力で、早いところ小型化できないのか」

「無茶《むちゃ》言うな！」

「だが、通信端末《たんまつ》は小型化しただろう。おまえの作った規格が全都市に普及するのも時間の問題だ。あれと同じ。つぐみは天才。やればできる。なんでもできる」

「そういう文系的圧力で現場がデスマで死ぬんだい！」

つぐみがイラっとしたように地団駄《じだんだ》を踏む。

「……グラウンド見たいだけなら、こっち」

足場の鉄筋を渡って、つぐみは壁まで近寄る。

そこでは、明かり取り用の窓からグラウンドが見渡せるようになっていた。

「ずいぶん詳しいな」

朱雀《すざく》はつぐみを眺め直してから、得心がいったような声を出した。

「そうか、おまえは中学生の時分から、高等部に混じってここで整備していたんだものな。専売特許というわけだ。さすがは天才。万人の誉《ほま》れ。すばらしき人類」

「……はいはい、そうねそのとおり」

つぐみはどうでもよさそうに、ひらひらと手を振った。

眇《すが》めた眼《め》で窓を見る。

「どうせ、ひとりのところでは……」

遠くグラウンドの隅っこで、カナリアがぽつんとジャンプしている姿が見て取れた。

「まだやってた！　すごいな!?」

朱雀がなぜか自慢げに腕組みをする。

「ほら見るがいい。やる気は本物ではないか」

「いやでも、スパイのやる気かもしれないし……」

「仮にそうだとして――だからどうした？」

朱雀はつまらなそうに鼻を鳴らし、

「彼女は人間だ。アンノウンに敵対し、戦う人類だ。ならば所属は違えども、我々は等しく仲間だ。たとえ他都市が有利になろうと、最終的に勝利の美酒を味わうのは我が愛する同胞《どうほう》だ。違うか？」

「……あんたのそういうとこ、たまに尊敬しちゃってつらいわ……」

「なぜ悔しそうに言う？　俺を尊敬する感情のどこにつらみがあるのか」

「そうね、そうだね、胸に手を置いて考えてみよ？」

「なるほど？」

言われたとおり、朱雀はつぐみの胸に両手をそっと置いた。

むにっとした感触が掌《てのひら》をやんちゃに押し返してくる。

「うぎゃあああ!?　なにするなにしてるスケベニンゲンエロマンガ!?」

「安心しろ。これも自前のいい胸だ」

「そういう話じゃなかっただろ!?」

暴れるつぐみに優しくうなずいて、朱雀は踵《きびす》を返した。

「そういうわけだ。俺は戻る」

『……まだ話は終わっていない』

「というかただで戻れると思うなよ⁉」

無表情の鷹匠《たかじよう》と、涙目のつぐみが朱雀《すざく》の前に立ちふさがる。

「なんだ？」

「なんだもヘチマもあるかい！　今のはなんぼなんでも許されないだろ朱雀さんやい！」

「つぐみは静かに。これ以上、なにがあるんだ？」

「おい⁉」

『宇多良《うたら》カナリア。彼女は先日、陸上哨戒《しようかい》任務中にとつぜん姿を消した』

「姿を消した、とはどういう意味か」

『文字どおり。戦闘科メンバーは、だれも彼女が消えたところを目撃していないという。大騒ぎになってからしばらくして、ひょっこりと戻ってくる姿が確認されるけれど。もう三度もその状況が繰り返されている』

――まるで亡霊《ぼうれい》のように。

最後の言葉を、鷹匠は自分の唇で紡いだ。

それは少なくとも、つぐみの噴火を押しとどめるのには充分な威力を持っていたようだった。

耳まで赤くなっていた彼女の顔が、ゆっくりと青ざめていく。

「や、やっぱり本当にいたんだ……。カナリアの正体は戦闘科に巣食うゴースト！　データがないのもそういうこと！　ぎゃー！」

「馬鹿馬鹿しい」

　朱雀は切って捨てた。

「死んだら無だ。そんなものは存在しない」

　男子生徒に言われた戦闘科の『亡霊』についても、それらしき資料は一切出てこなかった。現在は幻覚や譫妄《せんもう》の類《たぐい》を疑い、医療局を当たっているぐらいだ。

「慣れない道を誤っただけじゃないのか」

『三連続で？』

「……だが、都市の外にはなにもないだろう」

『そう。瓦礫《がれき》しかない。でも、一部の勢力にとっては、自分たちの攻撃力と被害についての貴重なサンプル資料になるかもしれない』

「なにが言いたい」

『ふふ』

　鷹匠は思わせぶりに指をひとつ立てた。

　とても楽しそうなポーズだった。

『東京の補給科は優秀。彼らがログを漁《あさ》ったところ、カナリアなる女生徒の、元都市における一部データは復旧できた。削除方法が素人みたいに甘かったそうで、わかったことがひとつある』

「なんだ？」

『ある一文が追記されてから、すべてのデータが消され、直後にカナリアが転校した』

一拍間を置いて、

『宇多良《うたら》カナリア——この生徒には親アンノウン派の疑いあり、と』

耳に絡みつく単語に、朱雀《すざく》の顔色も見るからに変わる。

親アンノウン派。

それは、人類のタブーだ。

戦争中期の厭戦《えんせん》ムードのなかに生まれ、アンノウンとも話せばわかると主張した一派。軍事施設へのテロ活動を始め、戦争遂行の妨害に勤《いそ》しんだ。挙句の果てに、山の頂上にアンノウン歓迎の横断幕を張って、人類と第一種災害指定異来生物との融和のための席を勝手に設《もう》けまでした。

……もちろん、意志の通じぬ敵に横断幕もろとも爆撃されて以来、組織は雲散霧消《うんさんむしょう》。歴史の陰に消えていったけれども。

『追いやられた。向こうの都市から、こちらの都市に。恥ずべき存在を消すため、データが削除された。そういう可能性はどう』

「あいつらはとうに全滅したはずだ」

『とは限らない。最近、親アンノウンを名乗る連中が、都市外に活動拠点を築いている。そんな未確認情報がある』

「馬鹿な！　聞いたことがない！」

『都市幹部だけに伝達された秘匿事項《ひとく》』

声を荒らげる朱雀に対して、鷹匠《たかじょう》はどこまでも淡々としたテレパスを保つ。

そのつま先が確かにステップを刻んでいるのを、つぐみは見た。まったく、子どもっぽいこの先輩は、ドラマチックな状況を愉《たの》しんでいるのだと思う。

『ともかく。カナリアなる女生徒が、なぜかこの時期に転校してきたのは事実。飛べないのに戦闘科を強く志望したのも事実。任務中に姿を消しているのも事実。近年になって親アンノウン派の情報が増えているのも事実。他都市で疑いをかけられていたのも事実。その直後、個人データが何者かによって消されたのも事実。事実と事実が重なれば、なにかが見えてくる』

「……鷹匠先輩も疑っているんですか」

つぐみが恐る恐る問うと、鷹匠はうなずくようにして囁《ささや》いた。

「そう。戦闘科は、みんながカナリアの嫌疑《けんぎ》を確信している。証拠さえあれば、すぐにでも拘束する段階」

「ふむ……」

考えこんでいた朱雀は、やがて奥歯をぎりと噛《か》んだ。

苦虫を噛み潰したような顔で、おもむろに口を開く。

「……俺は人類が好きだ。大好きだ。ゆえに、戦いをあきらめた人間を嫌悪する。そして

——それ以上に、人類の足を引っ張る蛆虫《うじむし》をこそ嫌悪する」

『うん』

「こうとなっては、話はまったく変わってくるな」

『具体的には』

朱雀《すざく》は高らかに声を張る。

「カナリアに与えたポイントは抹消だ。もはやゼロをも超えて、マイナスの極地にまで至ったぞ」

『……あ、うん』

「なにか？」

「ううん……」

テレパスをやめてしまった鷹匠《たかじょう》のかわりに、

「いちおう、訊《き》いておきたいんですけど」

つぐみが半眼で問う。

「なんだ？」

「朱雀さんポイントとやらがマイナスになると、なにが変わるんですかね……」

「無論、バイアスが変わる。採点に大きな影響が出る」

「あのガバガバ判定もキッツキツチェックになっちゃうわけ？」

「当然だ」

「たとえばさっきのジャンプは」

「舐《な》めているのかと思う」

「飛べそうだった？」

「飛べるわけがない。ふざけるな」

「つまり」

「他人に絵とか壺《つぼ》とか売ったあげくに結婚詐欺を働きそうな悪女だ」

「はあ」

「まったく笑わせる。あんな女に騙《だま》されるやつがどこにいるのか」

「朱雀さん、鏡見よ？　ちゃんと反省しよ？　ね？」

つぐみのそっと促す声を無視して、

「人類を愚弄《ぐろう》するとはいい度胸だ。徹底的にやってやる——徹底的にだ。その化けの皮を剥がしてやろうじゃないか」

朱雀はひとり、どこまでもシリアスに拳を握る。

力強く歩き出す足音には勇気の意志が、鋭い瞳には正義の炎が宿っていた。

＊

「朱雀さん、なんかもう本当、朱雀さん……」

背中をぼんやりと見送って、つぐみはため息をついた。

「ヒーロー誕生。あなたにとってはめでたしめでたし？」

鷹匠《たかじょう》の淡々とした声にも、首を振る。

「……うーん。人類愛スイッチひとつで女の子の評価が切り変わっちゃうのも、それはそれで、なーんか複雑です……」

先刻まで同じようにカナリアを非難していたくせに、手放しに喜ぶことができないらしい。複雑な年頃のつぐみは複雑な面持ちで複雑に指を組んだ。

魔女帽子が、きょとんと傾《かし》ぐ。

「複雑。なにが？」

「次席《じせき》は気にしないでください。あたしの気持ちの問題っていうか」

「ぜんぜんわからない。恋する乙女心は難しい。スイッチじゃなくて自分そのものを見てほしい。私はあなたのことがこんなにも好きなのに。ということ？」

「違うわ！　いや、違います！　んんん!?　あれ、いま先輩にやにやしてませんでしたか!?　ちょっと、ねえ!?」

鷹匠とつぐみは暢気《のんき》なやりとりをしながら、朱雀《すざく》を追っていく。

だが、格納庫を出たときだった。

「――やっと見つけたわ」

茶髪をふたつ結びにした少女が、ふたりのまえに立ちふさがる。

「え？」

「こんなところに隠れちゃってまあ。顔、貸しなさい」

つぐみはかすかに身震いした。

有無を言わせぬ少女の眼光は、あまりにも鋭すぎたのだ。

たとえば――重犯罪者をにらむかのごとく。

＊

朱雀がグラウンドに戻ると、カナリアが朗らかに迎えた。

「ご覧ください！　さっきより全然飛べるような気がしてきましたよ！」

「もうそれはいい。カナリア」

「はい？」

「俺は回りくどい議論が嫌いだ。単刀直入に問う。……おまえは、戦士だな？」

朱雀はほとんどにらみつけるようにカナリアを見据《みす》えた。

問われたほうは、一瞬ぽかんとしたあとで、きゅっと表情を引き締める。

「はい！　人類のために戦う戦士です！」

「アンノウンは敵か？」

「敵です！」

「人類が好きか？」

「大好きです！」

「なんでもできるか？」

「なんでもします！」

間髪をいれず、弾丸のような返答が飛ぶ。

だが、もはや彼女にはマイナスバイアスのかかった状態だ。てきぱきとした返事は、己《おのれ》の思考が入っていないのと同義。むしろ朱雀《すざく》の疑いを一層補強する。

ますますもって睨《ね》めつける朱雀と裏腹に、

「先生……！」

受けとめるカナリアの瞳が、無垢《むく》なお魚さんのようにきらきらと光っていた。

「……なんだ、それは」

「あ、いえ、すみません！　やっぱり東京校はいいなあって。進路指導情報局でしたっけ、すばらしい役職ですね。わたし、こういう厳しい指導に憧れていたのです！」

「ふん……」

朱雀は鼻を鳴らした。

「言葉だけならなんとでも言える。実際に行動をするしかあるまい」

「はい！　どんなことをすればいいでしょうか！」

「単純だ。戦士とは、アンノウンに対立するもの。自分が防衛都市東京の戦士たるゆえんを明示しろ」

「とおっしゃいますと」

「それを自分で考えるところから、課題は始まっている」

「ううう……」

カナリアは頭をおさえて考えるような素振りをした。

朱雀はその姿を冷たい瞳で眺める。

本当に今まで戦闘科所属の戦士として過ごしてきたならば、別段、考えるまでもないレベルの課題だ。

これまでアンノウンを倒してきた戦果をレポートにまとめるでもいい。かつての戦闘科仲間に連絡をとって、活躍を語ってもらうでもいい。模擬訓練場で、仮想アンノウンを相手に奮闘してみせるでもいい。

できることはいくつでも思いつける。

悩めば悩むほど、戦闘科の一員として生きてこなかった――それ以外の思想を持ってきた――時間の証拠になるのだった。

「……ううう、うん、わかりました！」

疑わしいだけのうなり声をふんだんにまぶしたあと、カナリアは顔をあげた。

「戦士の証明ならなんでも大丈夫ですか」

「構わない」

「アンノウンを敵視していることを朱雀《すざく》さんに知らせる形ですね」

「まあ、そうだな」

「じゃぶじゃぶちゃぷちゃぷらんらんらん、でもオーケーですか？」

全身で跳ねるような動作をする。すこぶる真剣な顔だ。

「じゃぶ……？」

朱雀にはまったく意味がわからなかった。

わからなかったが、親アンノウン派かもしれない人間に弱みを見せるわけにもいかない。

「……それがベターだと思うなら、やってみるがいい」

「はいっ、先生！」

カナリアはまた、形のよい敬礼をした。

＊

「──で。なぜ、俺はここに連れてこられたのか？」

朱雀は二階の廊下で腕組みをした。

目の前の扉には、『女子トイレ』というプレートがかかっている。

ここは各科を問わず、高等部ならびに中等部が利用する共通棟にあたる。工作室や情報教育室、補給倉庫などの集まる棟だ。

「すみません！　グラウンドから一番近い、人目のないところがここしか！」

お手洗いの扉のなかから、カナリアの声だけが返ってくる。

確かに座学のための各教室棟は別にあるため、朝のホームルームが行《おこな》われるこの時間帯なら、人どおりはほとんどない。

「だが、すぐに授業が始まるぞ」

「すぐに終わるので！」

「戦士の証明が？」

「じゃぶじゃぶちゃぷちゃぷばっしゃーんが、ですよ！」

朱雀はますます腕組みをきつくする。

いったいなにをするつもりなのか。自分のカバンを持ってトイレに入ったようだが、そんなところで戦士としてできることなどなにもない。

……よもや、逃げるつもりか？

反射的に扉へ手をかけたとき、向こうから勝手に扉が開いた。

まず、水玉模様が視界に飛びこんできた。主に一般女性の胸部に存在する神秘的な凹凸をもって、立体感をむやみやたらと強調する水玉だ。

次に、真っ白なキャンバスが視界の中央に居座る。それが、北欧系のカナリアらしい、透き通るような柔肌だと気づくまでにはずいぶんと時間がかかった。

女子トイレのなかから、カナリアは際どいビキニ姿で登場したのである。

「……なんだそれは……」

「私物です！」

「持ち歩いているのか」

「チャンスを逃さないためです！」

「なんのチャンスだ……」

朱雀《すざく》は眉間をおさえた。

鎖骨は人体のなかでもとりわけ美しい形をしていると、馬鹿みたいなことを考えている自分に遅れて気づく。

慌てて視線を落とすと、待ち受けているものはさらに悪い。

申し訳程度の水玉に覆われた胸は、触れるまでもなく弾みそうなのが感じ取れてしまう。艶《あで》やかで滑らかな腹には傷ひとつ染みひとつなく、その中央にある臍《へそ》は、神様のマーキングサインのように清らかに刻まれている。腰はくびれて、その下のもっちりとした太腿《ふともも》まわりと、すらりと伸びたふくらはぎとのコントラストに一役買っている。

「………」

黙りこむ朱雀に構わず、カナリアがぐっと両拳を固めて、自分の肩の近くに寄せた。ボクサーのファイティングポーズに似ている。ぷっくると気合い満点な形に頬《ほお》をふくらませて、じいいっと挑むように瞳を覗《のぞ》きこんでくる。

「ど、どうですか！　ばっちりですか！」

「……念のために、訊《き》いておくが」

「はい先生。今夏のトレンドですか？　オススメのビーチですか？　砂浜での火傷《やけど》を防ぐ方法ですか？　なんでも聞いてください！」

「おまえはどうして水着なんかに着替えてしまったんだ？」

「水着、なんか！　着替えて、しまった!?」

カナリアがショックを受けたようにたじろぐ。

数歩うしろに下がっただけで、もぎたての白桃みたいに豊かな胸がぶるりと揺れるのが見えた。

「……なぜ服を着替えたのか、平易《へいい》かつ論理的に説明しろ」

朱雀はわずかに視線を逸《そ》らして言い直した。

「だ、だって、先生が戦士の証明ならなんでもいいって言った……」

「それは言ったが」

「戦士としてアンノウンを憎んでいる姿を見せろって」、

「それも言ったが」

「じゃぶじゃぶ水遊び風景がベターだろうと」

「そうは言ってない」

「えええええ！」

カナリアが梯子《はしご》を外されたようにつんのめり、今度は前によろめいた。

「でもでも、東京湾域を人類の手に取り戻したら、昔みたいに海水浴ができるんですよ！　水着は平和の象徴です！　勝利のメタファーです！　海上ゲートから来襲するアンノウンに対する、最も優れた抵抗の形なんです！　この水着理論はどこからどう見ても論理的ではないですか先生！」

すがるように二歩三歩近づいてきただけで、ほのかに甘い香りが漂ってくるのがわかる。谷間にじんわりしみこむ汗の珠《たま》までよく見えた。

「論理は重要ではない。……むしろ、論理以前にいろいろ足りない」

朱雀《すざく》はもっと視線を逸《そ》らして言い直した。

「じゃ、じゃあ、その足りないところを教えてくださいっ」

カナリアは必死だった。とてつもなく必死だった。際どい水着のラインによって切り取られる、やわらかな部分の肌がより必死さを増していた。

必死さにうっかり巻きこまれて、朱雀も考える。

「……ここは学校だ。このような公的環境で平和な私的未来を暗喩するには、どうしたって雰囲気が欠落している」

そういう問題ではなく、なにもかも足りない気もしたが、とりあえず目につくところから片付けていかなければ始まらない。

「雰囲気！　……つまり？」

「つまりだな、レジャーな雰囲気というか……」

「レジャー、レジャーっぽさですね！　わかりました！」

大きくうなずいたカナリアは、少し考えた末に、

「ぴーす！」

右手で大きなブイサインをつくった。

頬《ほお》のそばに持ち上げて、精いっぱいの笑顔をつくる。

「ど、どうですか！　レジャー感、でてくれてますか？」

「いや……うむ……」

「まだ足りませんか！　わかりました！」

「わかってしまったのか」

「ぴーす！　ぴーすぴーす……！」

顔の両側にダブルピースの花が咲いた。陽気で緩やかでかなり偏差値の低そうなダブルピースだ。

これがカナリア的には、最大限の努力らしい。むきだしの肩はほんのりと艶を侍《はべ》らせ、ぷるぷるぶるぶると小刻みに揺れている。

「先生！　どうですか！」

「どうもこうも……何者かに特殊な環境で強制されている感があるような」

「あ、ありません！　自分の意志でやっています！　遊びまくっています！」

「遊びまくりか。それは楽しいのか」

「楽しいです！　気持ちいいの大好き！　ぴ、ぴーすっ！」

「おや」

朱雀《すざく》は視線を持ち上げた。折り悪《あ》しく、ホームルームが終わり、朝一番目の授業の予鈴が鳴り響いたのだ。

近くの家庭科室で、調理の実習がなされる予定なのだろう。

階段をのぼる足音とともに、二階の廊下にどやどやと中等部の幼い女生徒たちがなだれこんでくる。朱雀たちの脇を集団で通りかけて、

「うお」「わあ」「うわあ……」

その足が止まった。いくつもの無遠慮な視線が、朝っぱらからトイレのまえでダブルピースしているビキニのお姉さんに突き刺さる。

「……ほへ？」

カナリアの唇から、暢気《のんき》な声が転び出た。

衆人環視の突発的事態に、思考回路がオーバーフローを起こしたのか。ダブルピースを顔の横にくっつけたまま、表情から姿勢まで硬直している。

「ふ……、ふあっ⁉」

少しの時間を置いて、色素の薄い肌が急激に赤みを増した。

水着の全身からいっぺんに汗が噴き出して、ふくよかな胸の谷間やあられもないへそ、やわらかな腿《もも》の合間をしとどに濡《ぬ》らしていく。電動の玩具《がんぐ》みたいにぶるぶると震える身体は、動きたくても動けないらしい。

無我夢中のダブルピースな笑顔のなかで、混乱しきった瞳が、まじまじと朱雀だけを見ていた。

「おっと」「一限行かな」「それな」「ほんとそれ」

女生徒の集団はなにごともなかったように前を向き、

「……プレイかね」「プレイだよ」「マゾいな」「マゾすぎ」「胸めちゃ大きい」「やっぱブロンドだから」「エロいわ」「メリケンジョーク的な」「栄養が頭にいかなかったんでない」「ブロンドジョーク」「じわる」「じわらん」「ハッピーダブルピース？」「幸せならまあ」「かわいい」「かわいそう」「ゆるかわ？」

数多《あまた》のひそひそ声とともに遠ざかっていった。

「…………う、ううう——……」

彼女たちの姿が曲がり角の向こうに消えたあと、カナリアはついに堪《こら》えきれなくなったように、その場にぺたんとしゃがみこんだ。

耳のてっぺんから、水着の内側にぎゅうぎゅうと詰めこまれたふくらみまで、透けるように白かった肌のすべてが燃えるように紅《あか》い。

それでも、ダブルピースだけは律儀なアイドルのごとく、宙に突きだされている。震える指の先っぽは、つんと最後までとがっていた。

「大丈夫か？」

「だいじょぶ、です……ぜんぜん、へっちゃらです……」

問われて、そろそろと赤い頬《ほお》が持ち上がる。

あやふやな笑みの形が張りついてしまったらしい。唇を横に引きつらせ、大きな瞳に羞恥の涙をじわじわとにじませて、ただ目の前の男の反応をうかがった。

「ど、どうでしたか先生……わたし、知らない人たちに視《み》られて、うまくレジャーできていましたか……？」

「そうだな。うん」

朱雀《すざく》はカナリアの肩に優しく手を置くと、

「――俺が悪かった」

静かに女子トイレの中へ送りこみ、扉を閉めた。

「だ、ダメでしたか！　やっぱりダメでしたか！　どこがアウトでしたか!?　水着ですか身体ですか!?　上半身ですか下半身ですか!?　腿《もも》ですか腰ですか!?　もしかしてお尻ですか!?　あの！　先生！　あのあの！　もしもし！　もしもし!?」

扉の向こうから、悲痛なさけびとともに、ぺしぺしと猛烈《もうれつ》に壁を叩く音が聞こえる。

朱雀は深々と嘆息した。

確かに自分が悪かった。いつしか話を逸らされてしまっていた。

目標の力量を見誤っていたようだ。このような手ぬるいやり方では、肉体を使ってごまかすのもお茶の子さいさいだったのだろう。

「くそ……」

一回戦は向こうの勝ちだ、と思った。

だが、こんなことで追及の手が緩むと考えているのなら、それは思い違いだ。

次は。次こそは。

あんな女なんかに、ぜったいに負けない！

朱雀《すざく》が奥歯を噛《か》みしめたとき、ふいに通信端末《たんまつ》が起動した。

「——朱雀！　大変、朱雀！」

つぐみの声だ。焦ったような言葉が続いたが、

「こっちも大変だ。後にしてくれ」

言い捨てて、通信を切る。

こちらが相手にしているのは、大変にあざとい女なのだ。総力をもって、本性を引きずりださねばならない。

＊

女子トイレから制服に着替えて出てきたカナリアは、取り澄ました雰囲気をまとっていた。少なくとも表面上は、すでに平静を取り戻しているらしい。

二回戦のゴングが朱雀の頭のなかで鳴る。

「カナリア。おまえの固有能力はなんだと言った？　それは人類にとって、いかなる有用性を持つものか、十文字以内で説明しろ」

先制のジャブを放つと、

「みんなを笑顔にします！」

「……は？」

「笑顔があればなんでもできます！　困ったときは、笑顔！」

満面の笑みを向けられた。

どうしたわけか、眉間の皺《しわ》が深くなるのをとめられない。ありていに言えば、無意味にイラっとする。なかなかにいいハードパンチだった。

「……よし、ならば行くぞ」

とことん打ち合う腹を決めて、朱雀は顎《あご》をしゃくる。

「えっと、どこに……」

「次の課題は、能力披露《ひろう》だ」

目指す場所は、すぐとなり。

先ほど、女生徒たちが吸いこまれていった家庭科室だ。

朱雀《すざく》が入室すると、ちょうど生徒たちが各卓に散らばり、今にも調理を始めそうなところだった。

「邪魔をする」

「な、なんですか貴方がたは――」

慌てて走り寄ってくる教師に、バッジを見せつけて制する。

「中央司令部直属、進路指導情報局の朱雀だ。アンノウン殲滅《せんめつ》のため、ご協力願いたい」

アンノウン殲滅に加えて、中央司令部。

上下関係を重んじ、明確なヒエラルキーの存在する東京校にとり、これは魔法の言葉だ。

「はあ、まあ、少しだけなら……」

曖昧に腰が引ける教師を無視して、朱雀は教壇の上に立った。

注《そそ》がれる中学生たちの視線へ傲慢《ごうまん》にうなずき、

「急な話で悪いな。諸君らに見てほしいものがある。……カナリア」

「へ、へっ⁉」

廊下で挙動不審になっていた同級生を手招きした。

「あ、あの、わた、わたし、なにがなんだか……」

「ここで能力を見せてみろ。戦士たるもの、常在戦場《じょうざいせんじょう》。いつでもどこでも、己《おの》が力を披露《ひろう》できるはず」

朱雀はきっぱりと言った。

自分ひとり相手では、先の水着のように、くだらないごまかしをされる可能性があった。

多数の人間を相手どったときこそ、【世界】の真価が問われるのだ。

「え、え、でも……」

たくさんの視線が、おどおどと入室するカナリアを襲う。

とたん、

「うお」「わお」「うわあ」

先刻の女生徒たちの声がした。

それはすぐに周りと共鳴して、

「どしたの」「ダブルピースだ」「ハッピービキニダブルピース」「なにそれ」「さっきね」「ゆるゆる系ブロンド」「うは」「ブロンドジョークガール」「マジかすごい」「マゾだよすごい」「見てよかったの」「でもプレイだから」「見るのもプレイよ」「それもそうか」

最高潮に拡大解釈された結論が、家庭科室をさざなみのように広がっていく。

「ち、違いますよ⁉　なにか大きな誤解が！　あの⁉」

カナリアは必死にぶんぶんと手を振ったが、多勢に無勢《ぶぜい》、真実は常《つね》に無力である。

「なにするんだろ」「そらプレイよ」「さっきの今でか」「物足りなかったか」「底なしか」「端末《たんまつ》端末」「撮影ありか」「ありみたい」「お金いらないのか」「いらんみたい」「天使か」「天使だ」「永久保存系天使」「高まってきた」「天使はよ」「はよ」

中学生の好奇心に満ち満ちた視線が、カナリアの全身に吸いこまれていく。

「さあ、やれ」

「う、うう……なぜかわかりませんが、お嫁に行けなくなるような感じがします……」

かあっと頬《ほお》を染めつつ、カナリアは兵装端末《たんまつ》を操り、首筋のコードを光らせた。

右手に杖《つえ》が顕現する。

命気《オーラ》クリスタルの付属した部分をマイクに見立てて、すっと息を吸いこんだ。

そして——【世界】が変わる。


夢を見た。

まだ子どもだったころ、だれより優しい天使に抱きしめられる夢だ。

その世界に怖いものはなにもない。あたりは真っ白な雲につつまれて、大好きな天使と自分だけがいる。

『——』

なにかを言って、大好きな人が笑い、朱雀《すざく》もまた笑った。心がぽかぽかと温かくなって、瞳の奥がじんわりと揺れる。

朱雀はその感情をもう知らない。どこかで喪《うしな》ってしまった感情だ。

欠落が痛すぎて、空隙が苦しくて、それから——幸せすぎて涙が出た。

そんな、世界を見ていた。

刹那《せつな》ののち、朱雀は瞳を開けた。

大気が乾燥でもしていたのだろうか。頬を伝う水滴の理由を説明できずに、首を傾《かし》げる。

白い空間で覚えた感覚は、もう思い出せない。

「――なるほど」

ただ、歌声を風に載せるカナリアを見て、朱雀はじっとうなずいた。

己《おの》が身体を循環する命気。それがはるかに増幅されているのだ。

カナリアの歌声は、それを聞いたものに作用するようだ。一時的に、命気を高めることができるのかもしれない。

それは――戦うための力だ。

確かに戦闘科にふさわしいと、朱雀は納得する。

黙りこんでいた中等部の生徒たちも、ぼんやりと瞳を開けた。

「あの――」「うん、これ……」

力の一端を感じ取っても、拙《つたな》い彼らには表現する術《すべ》がない。

ために、

「なんかすごい」「すごい唄《うた》だ」「将来は内地《ないち》で芸能界かな」「でも大変なんでしょ」「さっきのもそういう」「営業だったのか」「チャレンジブル」「高校生ってすごい」「改めてそう思った」「応援しよう」「ブロンドがんばれ」「ピースピース」「ビキニがんばれ」「ダブル

ピース」「がんばれ、がんばれ」

　ゆるかわ系お姉さんを応援する大合唱が始まる。一部の生徒は、ぱしゃぱしゃと撮影の端末《たんまつ》を光らせる。

「うう……」

　大量の視線と声援を浴びて、ぷるぷると震えるカナリアは、目尻に大粒の涙をにじませた。頬《ほお》に伝うその水滴は、ほんのりと赤い。

　それでもどうにかこうにか、最後まで歌いきると、待っているのは校内すべてに届かんばかりの大喝采《かっさい》だ。

「元気になった」「元気になりそう」「いろいろ元気」「ありがとう」「ありがとう天使のお姉さん」「ありがとうございました」

　いくつもの幼い感謝の言葉に押されるようにして、

「はうう……」

　上気したカナリアが、淡い吐息とともに、よろよろと朱雀《すざく》にもたれかかる。

　熱におかされたように体温が高く、呼気までもが荒い。

　それほどまでに真剣だったのだろう。朱雀はたいへん満足した。

　家庭科室を出ると、カナリアはすぐに女子トイレに駆けこんでしまった。

「……はふ……お待たせしました」

しばらくして出てきたときには、いくらかすっきりとした表情になっていた。洗面所で一生けんめい顔を洗ってきたのだろう。

「先生。唄《うた》うのに、こんなに恥ずかしい思いをしたのは初めてなんですが……」

それでもまだ、抗議するようなジト眼《め》を朱雀に向けながら、もじもじと所在なげに太腿《ふともも》を擦り合わせる。

「最高だったか？」

「は、はい……、じゃなくて！　あ、いえ、もちろん、すごく新鮮な体験でしたけど……水着のままだったらもしかしたらもっと、いえそういう意味ではなくですね、まあ、はい、今後のステップアップも視野に入れたら、とりあえずは着衣状態でチャレンジしておいてよかったのかなあって……」

「……なにを言っている？　おまえの能力はあれがベストだったのかと訊《き》いている」

「で、ですよねっ!?」

カナリアはぶんぶんと首を縦に振った。

「もうちょっと落ち着いた環境なら、よりよい影響を及ぼせたかと思います！」

「そうか」

朱雀はうなずき、

「だが、勘違いするな。落ち着いた環境など戦場にはない。ついてこい」

「こ、今度はなにをするのでしょうか……！」

カナリアの頬《ほお》がまたじわじわと紅《あか》に染まった。血行がよくなるのはやる気に満ちあふれている証拠だ、と朱雀《すざく》は横目に眺めて確信する。

二回戦は引き分け扱いにしよう、と思う。

どういう立場であるにせよ、この女が課題とくんずほぐれつ本気でプロレスしていることだけは認めてやらねばなるまい。

＊

「……と、思ったのにな」

ドーム状の地下訓練施設。

斥力球《せきりよくきゆう》を足場として、いつものように高みから見下ろす朱雀は、いつもとはまるで違う仕種《しぐさ》をしていた。

「おまえ、それが本気か？」

両手で頭を抱えていたのだ。

「ほ、ほ、ほんき、です……！」

訓練施設の真ん中で、地面に縫い付けられたように、カナリアが膝をついている。

うつむく顎《あご》から脂っこい汗が滴り落ちて、地面に水たまりをつくる。ぜいぜいと荒い息を吐いて、天井を睨《にら》みあげようとして、そのまま腹から崩れ落ちた。

「馬鹿を言え……」

朱雀は呻《うめ》く。

まだ力の一割も出していない。肩慣らしにもならないほどの手遊びに、今まで相対しただれもが軽く跳ね除《の》けてきた重力に、カナリアは耐えきれないようだった。

「ま、まだわたしはあきらめていません……！」

「まあ、そうだな……。がんばれがんばれ、なんでもできる。もっとできる」

「そうです……！　やりますがんばります、なんでもします、もっとできます」

「……終わりなどない。終わりと思ったところからが始まりだ」

「はいっ！」

言葉とは裏腹に、カナリアは地面にうずくまったまま、顔すらあげなかった。

もはや指ひとつ動かすことすらもままならないらしい。いつぞやの男子生徒のように、すぐに音を上げないのはよしとしても、身体がついてこないのではまるで意味がない。

「……くだらない」

朱雀はついに吐き捨てた。

この程度で戦闘科所属だと言い張れると考えていたのなら、思い上がりもはなはだしい。

逆に、よその戦闘科を本当に務められていたのだとしたら、そんな都市は即座に潰したほうがいい。

「東京も舐《な》められたものだ」

「な、なにかおっしゃいましたか……？」

「もういい、と言った。もういい。試験は終わりだ」

どちらにせよ、朱雀《すざく》は完全に失望していた。

やる気だけでは覆せないものも、この世には確かにあるのだ。

カナリアは、単純に力不足だ。【世界】の強さが、夢見の季節に眺めた世界への想《おも》いが、圧倒的に欠けている。

スパイだろうと親アンノウン派だろうと、こんな人間になにができるとも思えない。

「おまえの力は理解した。引き上げるぞ」

「いえ……まだ……」

「立てもしないくせに、よく言う」

朱雀はガントレットを振るい、その場に作用していた重力のベクトルを消し去った。

ゲームセット。

朱雀のなかで、試合は完全に終わっていた。

地面に降り立つと、カナリアを冷ややかに一瞥《いちべつ》する。

「訓練したいのだったら、せめてバーベルを百キロ単位で背負えるようになってから出直してこい」

「はい……すみません……」

うわごとのごとく呻《うめ》くカナリアを無視して、朱雀は訓練施設を出た。地上へとつながるエレベーターに戻り、ため息をつく。

そうして。

「──わかった。今行く」

通信端末《たんまつ》にかかっていた緊急呼び出しに、ようやく応じた。

＊

中央司令部の執務《しつむ》室は、朱雀がノックして入室したときからもう、重苦しい雰囲気が垂れこめていた。

待ち受けていたのは、魔女っ娘帽子の鷹匠《たかじょう》と、もうひとり。

「……あんたが進路指導情報局とやら？」

茶髪をふたつに結んだ少女が、値踏みするような瞳で朱雀をにらんだ。下からぶつけられる視線なのに、無性に上から目線なように感じられる。

「おまえは……」

見覚えがある。先日見た戦闘科資料に、むすっとした顔で映っていた娘だ。

そして、朱雀がかつて中等部で戦闘科を目指していたころ、強さの目安にしていた同級生でもある。

確か——冬燕桃華《とえももか》、と言ったはずだ。

「こっちのことはどうだっていいでしょ。あんたに訊《き》きたいことがあるの」

髪のふた房を優雅に揺らして、冬燕は傲然《ごうぜん》と腕組みした。

朱雀《すざく》と彼女は、名前を直接呼び合うほどの仲ではなかった。向こうは朱雀の顔など覚えていないだろう。落ちこぼれの情報を覚えておくほど、戦闘科はヒマではない。

「これまでにちょっかいかけたのは何人？　ここ最近、転科を言いだした連中の何割があんたの仕業なの？」

「さあな。記録をつけるのはもうひとりの役割だし、俺はただ目の前の仕事を片付けているだけだ」

「ふざけないでよ」

答えた瞬間、冬燕の眼《め》がきつく細まった。

「無能な働き者の言いそうなことだわ。勝手なことをするなって言ってるの！」

「勝手な、とは心外だな。俺は局の任務で——」

「はっ、工科《こうか》あがりのくせに生意気言わないでよね！　なにが任務よ。あんたがやっていることは、戦闘科に対する侮辱行為だわ」

冬燕は執務《しつむ》用のテーブルを拳で強くたたいた。卓上の書類が大きく跳ねる。

「……なんだと？」

朱雀は鷹匠《たかじょう》に視線を走らせた。

「話が違うぞ。どういうことだ」

「…………」

テーブルの主であるはずの鷹匠は、背もたれつきの椅子の奥深くに座りこんで、ひたすらに黙りこくっていた。

ただでさえ幼い顔が、青白くなっているせいで一層童顔に見える。

「どうもこうもないわよ。進路指導情報局なんて、中央司令部は一切許可してない。この女が勝手にこしらえた、越権行為のカタマリなの！」

冬燕がかわりに返答して、真っ向から指を突きつけた。

「……だが、鷹匠は次席《じせき》だぞ。おまえは何様だ」

「次席様こそ、何様なのよ。最近はろくに戦場で活躍できてないじゃない。過去のスコアで今の強さが測れるとでも思ってるの？」

臆すところのない語気は、強さという尺度を信奉《しんぽう》する朱雀をいっそ心地よくすらさせた。

戦闘科で現に活躍している自信が、彼女の満身に詰まっている。その関東平野のように平坦《へいたん》なボディは必要以上にふくらんでいるようだった。

「確かに、転科したのはみんな不適格リストに掲載されるレベルの連中よ。力不足の人間は、チームに要らないわ。だけどね——あのリストはあくまでも内部資料。パージするタイミングを決めるのはあくまでもうちなの。わざわざよそに部署をこしらえてまで、突っこまれるようなことじゃないわ。戦闘科にくだらない演出を持ちこまないでよね」

「でももすもももものうちよ！　はっきり言いなさいな！」

鷹匠《たかじょう》の小さな反駁《はんばく》までも、あっというまにかき消してしまう。冬燕《とえ》によって、この場は完全に支配されていた。

わずかな沈黙と、咳払《せきばら》いののち、

「……横からすまない。ひとつ訊《き》きたいのだが」

「なによ！」

「その、でもももすもももなんとか？　とはどういう意味だ？」

朱雀《すざく》が大真面目な顔をして問うた。

「……適当よ。深い意味なんか」

「まさか、いや、失礼かもしれないが、ひょっとするとシャレだったのか？」

「べ、べつに、そういう……」

「そうか、待てよ？　『でも』と早口言葉を掛けたのに飽き足らず、自分の名前ともかかっているのか。モモと冬燕桃華《ももか》！　なるほどなるほど！」

「…………ぐっ……」

「しかし、こんな激怒しているときにとっさに思いつかないだろうから、どこかで閃《ひらめ》いてしまったフレーズを気に入って、ずっと使いまわしているのかな。ももすもももとえももか。さすがは戦闘科きっての頭脳派、人類のエース冬燕桃華。これが戦士渾身《こんしん》のシャレというやつか。いやあ愉快ゆかい」

「ぐ、ぐ、ぐぎ、ぐぬぬぬ……！」

冬燕は真っ赤な顔でぐるぐるおめめになって、ひどく悔しそうにじたばたと髪のふた房を揺らした。

「どうした。褒めているのだ。一流のギャグセンスを誇れよ冬燕桃華」

「うるさいうるさいうるさい！　だまれだまれだまれっ！」

「もももすもももとえももか」

「黙れって言ったー！　あんたには関係ない！　あたしはこの魔女気取りに話してるの！」

ぐぎぐぎと湯気を沸騰させる冬燕と対照的に、鷹匠はすっかり元気をなくしてしまったようだった。

そこに朱雀たちにテレパスを飛ばしているときのような、うきうきとした姿は見当たらない。うつむくばかりの、寡黙《かもく》な少女の姿があるだけだ。

「この世界は、強さだけが正義。なにが〈千里の魔女《ストレンジボイス》〉よ！　時代遅れの【世界】持ちにどうこうされてもいい迷惑なの！」

「…………」

「内地《ないち》送り寸前の連中を集めて、なんの役に立つんだか知らないけどね。防衛都市で派閥闘争をやるなんて愚の骨頂よ！　おわかり!?」

「……うん……」

念押しまでされて、かすかな吐息まじりの返答が落ちる。

そうやって肩をすぼめていると、年齢に比してずいぶん小さな身体が、椅子のなかに吸いこまれていってしまいそうだ。

「くだらない部署ごっこのことは、戦闘科長《かちょう》や主席にも申告しておくから。至急、すべての案件から手を退《ひ》きなさい！　話はそれだけ！」

冬燕《とえ》は言いたいことだけ言って、嵐のように去っていった。

＊

朱雀《すざく》が執務《しつむ》室を出た瞬間、目の前の長い廊下に小さな音が転がった。

こそこそと、両生類が水たまりに逃げこむような音だ。

「なんだ？」

「…………」

「よもや盗み聞きする不逞《ふてい》で卑劣な輩《やから》などいるまいし。カエルかな？」

「ケーロケロケロ、ケロッケロ！　ケロローン！」

「アマガエルよりも大きな足音だったはずだが」

「ゲコ？　ゲコゲコグワリグワ！　グワッグワルグワ！」

「ウシガエルというより、マルメタピオカガエルのそれに近かったように思うが」

「ま、マルメタピ……!?　タピッ、タピッケロ?　タピオカゲコリ!」

廊下に風流な鳴き声が反響していく。

朱雀《すざく》はしみじみと耳を澄ませる。いつまでたっても鳴き止《や》まないことを知って、眉間の皺《しわ》を拳で伸ばした。

「俺は今、無性に悲しい。つぐみも少しは人類としての誇りを持て……」

「わかってたなら早く言えー!」

廊下に置かれた観葉植物の陰で、両手両足を地面についてモノマネしていたつぐみが、涙目になって暴れていた。

「なぜ誤魔化《ごまか》せると思ってしまったのか、そちらの理由のほうが俺は知りたい」

「……すみませんでした」

「すぐに姿を現せばよかったじゃないか。なぜ隠れた?」

「途中参加が難しくて、つい……」

人類と両生類の中間あたりをさまよう少女は、とたんに決まり悪げにトーンダウンする。

「話を聞いていたのか」

「うん、まあ」

「どこから?」

「……ええと、『まだ来ないの!?　もっと早く来るよう通信かけなさいよ!』のところからですかね」

「俺が聞いていないところなのだが」

「というかですね、さっき車両格納庫から出たところで、冬燕《とえ》さんにばっちり捕まって、鷹匠《たかじょう》先輩がきっちり連れていかれちゃって、それで、その……」

「そもそもの最初からいたのか！　なぜ隠れた！」

朱雀は呆《あき》れて詰め寄った。

つぐみは視線を避けるよう、もにょもにょと人差し指を突き合わせながら、

「だって、いくら朱雀呼んでも来てくれないし……戦闘科の人ってなんか怖いし……」

「鷹匠次席《じせき》をあれだけ子ども扱いしておいてよく言う」

「先輩は別腹だし！　デザートと一緒！」

「せめて人間扱いしてくれ」

「ともかく！　鷹匠先輩は大丈夫なの？　あんなに言われて」

執務《しつむ》室のほうを窺《うかが》おうとしたつぐみに、

「もう話は終わっている。次席は執務に戻った」

朱雀はぎゅっと手を引いた。

「今回の始末をつけるため、俺たちには経緯書の提出が課せられた。次席は次席で始末書やらを作成するそうだ」

「始末書って、そんな大げさな……」

「鷹匠次席にも落ち度はある。大いにある。なにせ、俺たちはこれまで、でたらめな部署

を騙《かた》っていたことになるんだぞ。中央司令部が認可していないのに、『中央司令部のほうからやってきました』と言いふらしていた。最悪だ。完全に旧時代の詐欺《かた》だ」

「……うっ」

「抜け道あるいは脱法的に新設された人員整理局が、本当に非合法でしかなかったなんて悪い冗談だろう。処理したやつらに訴えられないうちに、とっとと工科《こうか》に戻るのが身のためだ」

朱雀《すざく》は支給されたバッジを掌《てのひら》のなかに握りしめた。これも鷹匠《たかじょう》お手製、なにひとつ認可されていない代物《しろもの》らしい。

夜更けにひとり、せっせとバッジを作成する小さな少女の姿を想像する。本当に子どもみたいなことをする、と思った。

「まったく、人員整理だけなら、いくらでも別の手段をとれただろうに。俺たちを巻きこんでまで、スコアを稼ぎたかったのか？」

「……わかんないけど。理由はあると思う。ちゃんと説明してくれればよかったのに」

つぐみはしょんぼりと地面を蹴った。

「鷹匠先輩も言われっぱなしで、なんかすごくいやだった……」

「まあ、あれで言い返せる性格だったら、テレパスを発現するような世界を夢見たりなどしない」

言葉で正反対なことを言うようなわざとらしさは、コミュニケーションの不得意さと表裏一体にある。

「それに——冬燕《とえ》の言葉はきついが、あれもでたらめを言うような性格じゃない。次席《じせき》が前線に出られていないのは、おそらく事実だ。成果を焦って拙速なことをしたと、疑われても仕方がないポジションにはいるのだろう」

「……え？」

「鷹匠次席の地位は、かなり危うい。この分だと、次のランキング発表では、次席の座から滑り落ちるかもしれないな」

「な、なんで！　小さいから!?」

「なぜそれが理由になると思った……？」

「じゃあなんでさ！　それまでちゃんと戦えていた人が、急に役立たずになる理由なんかないじゃんか！」

「つぐみ。おまえがそれを問うのか」

朱雀はぴたりと足をとめた。

呆《あき》れたような、哀れむような瞳で振り返り、

「次席にはそんな言葉を吐《は》くなよ。テレパス能力を時代遅れな領域に追いやったのは、おまえの【世界】だぞ」

ポケットのなかの通信端末《たんまつ》を、こつんと手の甲で弾いた。

テレパス——世界中の人に、音声に頼らず意思を伝えられる、固有の【世界】。

けれど、簡便な音声通信が存在するなら、テレパスに作戦上の意味はない。

〈千里の魔女《ストレンジボイス》〉ともてはやされていた能力は、通信端末《たんまつ》の飛躍的な性能向上によって、その活用場所を大幅に減らしていた。

「このまま通信端末の小型化が進んでいくなら、双方向で連絡を取り合うほうが便利に決まっている。鷹匠次席《たかじょうじせき》も、通信の即時性や機密性でどうにか乗り切ろうとしているようだが——無駄な抵抗だろうな。固有の能力よりも、一般に普及した共有技術のほうが、人類にとって価値がある」

「うそ——」

つぐみが青白い顔になる。

「断っておくがな。おまえが仮に申し訳ないとでも思うのなら、それは鷹匠次席にも失礼なことだ」

朱雀《すざく》は自分の腕を無意識に擦る。

ガントレットのように、細い杖《つえ》のまとわりつく左腕。自分の固有能力をサポートする、出力兵装《しゅつりょくへいそう》の残滓《ざんし》を確かめるようにしながら、

「前にも似たようなことを言ったが。有効な【世界】を発現させられないというのは、そいつ個人の能力不足に起因《きいん》するものであり、そいつのみが抱えるべき事象《じしょう》だ。つぐみが気に病む必要はなにひとつない。個は全のために。ひとりはみんなのために。我々はすべて

の人類のために生きている」

「……でも……」

「顔をあげろ、鵜飼《うかい》つぐみ。これは有史以来、繰り返されてきたことだ」

世界と世界がぶつかって、世界をよりよい世界に上書きしていく。

南関東湾岸防衛都市で展開されているのは、進化の新しい方程式であり、個体の生存競争である。

劣った【世界】は、淘汰《とうた》される定めだ。

「有能な世界が、無能な世界を駆逐《くちく》する。その現象は圧倒的に正しい。人類が永続的に発展するために、俺はそのシステムを強く支持する」

「そんなの、なんか――なんか……」

「なんだ？」

「………ううん」

つぐみはうつむいて、結局、なにも言わなかった。

ふたりは階段を下りる間際、なんとなく、同じタイミングで振り返る。

執務室《しつむ》は固い扉で閉ざされている。

部屋の主は、どんな顔をしているのだろうか。

「追い出し課とやらも、次席自身が追い出されるときのシミュレーションだったのかもしれない」

「…………」

つぐみは黙して語らず、朱雀《すざく》はとくに感慨を抱かなかった。

この場には、淘汰《とうた》の論理を否定するものは、だれひとりいない。

なにもかもが、当たり前のことである。

＊

午後はあっというまに過ぎていった。

朱雀たちには事後処理が山ほどあった。

工科長《こうかちょう》に問い合わせると、朱雀たちは次席《じせき》権限により、一時的に特別任務を帯びた扱いになっていたという。

日々の仕事は免除されて、かわりに任務のほうで稼いだスコアが割り当てられると、工科長は説明した。

だが、中央司令部会議を経ていない任務なら、それがそのまま認められるかどうかは極めて怪しい。朱雀は司令部全体に向けての申告書類の作成に入った。

「あたしはなにを書けばいい？」

「いや、中央司令部直属なる架空の部署を騙《かた》る男子生徒が、女子高生とお歌を唄《うた》いながら教室に乱入したとか、中等部からねじまがった苦情が来ている。つぐみはそっちに対応してくれ」

「……なにそれ。あんたがしたの？　なんでそんなことした？　バカなのなんなの？　そういうのが趣味なの？　自分の始末は自分でしてくれないですかねえ……」

つぐみはぶつぶつとこぼしながら、説明行脚《あんぎゃ》に出かけていった。

「――ビキニプレイってどういうことだ⁉　おい！　聞いてないんですけど⁉　ボケナススケベスケッチ出てこいやい！」

校舎につぐみの叫び声が響くのは、少しあとのことである。

いつしか、西日が校舎に差しかかっていた。

そうやって作成した経緯書に承認をもらうため、再び鷹匠《たかじょう》の執務《しつむ》室を訪れた帰り道、怪訝《けげん》な顔で足を止めた。

執務室の近くの踊り場で、階上の様子をうかがう姿を見つけたのだ。

冬燕《とえ》だ。

階段をのぼってはくだり、ふたつに結ばれた髪が、もじもじと困ったように揺れている。

「なにをしている？」

「……なにもしてないわよ。あんたこそなに？」

声をかけると、冬燕は肩を跳ねさせたあとで、傲然《ごうぜん》と顎《あご》を持ち上げた。

窓からかかる陽射《ひざ》しに眼《め》を眇《すが》めて、朱雀《すざく》をじろじろとにらむ。

「俺は先ほどの処理だ。鷹匠次席《たかじょうじせき》なら、まだ執務室《しつむ》にいるが」

「ふーん、あっそう……別に用なんてないけど。相変わらず仕事が遅いのね。どんな激務だろうと、規定時間内に収められないのは無能の証拠よ」

冬燕《とえ》は慣れた調子で切り捨てながら、努めて何気ない素振りで伸びをした。

「ま、まあ？　ちゃんと仕事してるならいいわ。もちろんわかってたけど！　もともと、こっちが反省する必要なんかぜんぜんないんだし。多少やいのやいの言われたところで、日々の業務には支障は出ないわよね、普通？　そういうタフネスが鷹匠次席の唯一の褒めどころだし、うん……」

「次席は始末書を書きながら、ずっと泣きじゃくっていたぞ」

「うそっ⁉」

「仲間にあれだけ言われたら、もう次席を続ける自信はないって涙と洟《はな》がぼろぼろと」

「うそ……」

冬燕の顔から血の気が引いた。膝が笑いだして、奥歯のカチンと鳴る音を、ひどく大きく響かせる。

血だまりのような西日のなかで、後悔と絶望の沼に心を浸からせ、ものも言えずに立ちつくしている。

その姿を朱雀はまじまじと眺めたあとで、

「うそだ」

「……──は？」

「そう伝えておけって、無表情で命令されたのだ。わりあいに元気そうだったな」

「あんた、ぶっ殺されたいの……？」

「冬燕はああ見えてものすごく打たれ弱いから、どうせすぐに泣くとかどうとか。次席はさすがに観察力に長《た》けている。ハンカチは必要か？」

「うん、今ここでぶっ殺すわ」

階段の手すりに全体重を預けて、およそ形容しにくい種々の感情が詰まった低い声を出した。薄く涙の膜が張った目尻を乱暴に擦《こす》り、そっぽを向く。

その横顔がほうと安堵《あんど》の息をついたのを、朱雀は見逃さなかった。

「……もういい。こんな男に力を使うのももったいないし。帰る！」

大怪獣ツインテールのような足音をずかずかと立てて、冬燕は階段を下りていく。

その背中に、朱雀は淡々とした声を投げた。

「言いすぎたと思っているなら、なにかしら伝言しておくが。どうせ来ることは次席にも見透かされているのだから、最初からそう言えばいいのに」

「あんたも最初からそう言いなさいよ。昔からとぼけたやつだったけど、ますます面倒になったわね」

「なんだ。俺を覚えていたのか」

「……別に、たった今思い出しただけよ。ふざけた態度で、鷹匠《たかじょう》先輩にえこひいきされてたやつがいるなって」

「俺にはそんな記憶はないがな」

「ふん」

冬燕《とえ》はつまらなそうに鼻を鳴らして、最後の一段で思い出したように朱雀《すざく》を見上げた。

「ねえ、あんたが追い出し課でやった手法って、みんな同じ？　不適格リストに入っていたとはいえ、うちの連中を真っ向から倒したわけ？」

「まあ、そうなるな」

「力量差は明らかだった？」

「そうかもしれない」

「あっそう……」

冬燕は朱雀から視線を逸《そ》らし、息を大きく吸いこんで、

「飛翔《ひしょう》能力さえ発現すれば、戦闘科をやめずにすんだのにね。おあいにくさま！　そういう都市なんだから、仕方ないわよね！」

「……わかりにくい言い方をするものだ」

朱雀は直接答えずに顎《あご》を擦《さす》った。

「なによ？　なにか文句あるわけ？」

「いや、ない。文句も反論も一切ない」

世界とは、そういうものだ。

意志で世界は覆らない。【世界】の強さが、世界を決める。

「あんた、昔からそれね。気が抜けるわ……」

冬燕はため息をついて、

「ま、戦闘科に無理やり入って、不適格リストに入れられちゃうのもつまらないでしょ。あんたはあんたの日々をあんたなりに過ごしなさいな」

小さな声でつぶやいた。

「そうか……」

これは――激励されているのだ、たぶん。

朱雀は考えた末にそう解釈した。

かつての仲間としての感情が底に流れているのだろう。

彼女は中等部時代からそうだった。つっけんどんな言い方で、いつも細かい損を重ねていたように思う。

「なに、そのヘンな顔は？　文句あるなら言いなさいよ！」

「……ない。俺には、なにもない」

つくづく、冬燕という少女は不器用な性格をしている。

いつか大きなペナルティを支払うときが来なければいい、と朱雀は苦笑いした。

「リストといえば」

連れ立って校舎を出ながら、朱雀《すざく》は何気なく問うた。

「不適格リストに載っていた連中は、これからどうなる？」

「どうもこうもないわよ。あんたにやっつけられて全員転科しちゃったんだから、こっちからは手の出しようがないわ。せいぜいよその科でやる気を出して、内地《ないち》送りを免《まぬが》れるのを祈ることね」

「全員ではないだろう。まだひとり、最後にとりかかったやつが残っている」

思い出して顔をしかめる朱雀に、冬燕《とえ》は怪訝《けげん》そうに首をかしげた。

「全員って言ったら全員よ。次席《じせき》のところに怒鳴りこむまえに、ぽちぽち端末《たんまつ》たたいてリストとぺろぺろ照合したんだから間違いないわよ」

「ぽちぽちぺろぺろて。戦前の人間か」

「も、文句あるの!? 機械オンチは生きてちゃいけないわけ!?」

「だれもそこまで。……俺が言っているのは、宇多良《うたら》カナリアのことだ」

「カナリア？」

嫌いな食べ物を口にするときのように、冬燕は片眉を持ち上げる。

「最近、転校してきたばかりでしょ？ いずれパージするとは思うけど、この段階でリストアップの対象になるわけないじゃない」

「だが、戦闘科ではすぐにでも拘束する段階になっていたと」

「は？　馬ッ鹿じゃないの？　そんなの初耳よ。いくら力不足だって、仮にも仲間を拘束する必要がどこにあるわけ？」

朱雀は瞬《まばた》きする。

呆《あき》れる冬燕の顔に、なにかを隠している気配はなかった。そもそも根が単純な彼女には、このようなところでむやみに嘘《うそ》をつく理由もない。

カナリアをいま排除する意志は、戦闘科のだれも持っていなかった。

それでは、鷹匠《たかじょう》が自分の意志でもって、カナリアを指名したのか。

「……なぜだ？」

なぜ、カナリアを朱雀のターゲットにさせた？

次第に、朱雀の胸のうちに靄《もや》のような疑念が湧いてくる。

考えこんでいるあいだに、

「じゃ、そういうことで。もう二度と会うことはないかもね。せいぜいお達者で！」

冬燕は彼女らしい挨拶で、去っていった。


工科《こうか》棟への道すがら、朱雀の通信端末が起動した。

「どうした？」

呼びかけてくるのは馴染《なじ》みのない声だった。

名乗られてようやく、そういえば今朝方会ったような、と思い出す。

カナリアと同室の少女だ。

「……帰ってこない？」

夕食の時間を過ぎてもなお、通信端末《たんまつ》に反応がないという。

心当たりのある場所を探したが、てんで見つからない。そのため、早朝に訪ねてきた朱雀《すざく》に連絡したのだ、と彼女は焦った声で言った。

通話を切って、朱雀は顔をしかめた。

まさか、と思った。

＊

訓練施設につながる長い長いエレベーターを降りた瞬間、朱雀は顔をしかめた。

深い深い地の底に、かすかな歌が響いている。

墓石の下から流れ出る、亡者の旋律のようだった。

「冗談だろう……」

ブロックごとに区分けされた訓練施設のうち、使用中のランプが点《つ》いたひとつに入る。

昼前に利用したものと同じブロックだ。

まず休憩ルームを見る。バッグがそのまま残っている。私物とかいう、ふざけたビキニもロッカーの端からこぼれ落ちている。

次にトレーニングルームを見る。壁奥に設置された棚から、バーベルがいくつか消えている。

模擬戦闘場の前に立つと、歌声は少しだけ強くなった。

朱雀はゆっくりと扉を開く。

そして、バーベルを背負った少女を見た。

何度も何度も地面にはいつくばったのだろう。

平べったい額も、高く通った鼻も、薄い唇も、盛り上がったジャージも、長い手も足も、すべてが土にまみれて薄汚れている。頬《ほお》には擦り傷ができて、ブロンドの髪は見るも無残な色合いと化している。

それでも、か細い歌声はやまない。

右手に杖《つえ》を握りしめ、【世界】で自分の力を増幅させて、両肩にバーベルを延々と担ぎ続けている。

「……おまえ……」

朱雀の声に反応して、カナリアは地面に膝をついたまま、ゆっくりと振り返った。

喜びに満ちた瞳のなかに、青い空洞《くうどう》が広がっている。

「やりました、先生……！　バーベル、百キロ、背負えるように、なりました……」

言った瞬間、地に倒れ伏す。

ごつん、という鈍い音とともに、バーベルが地面に転がっていった。

いくつもの轍《わだち》を、数えきれない挑戦と失敗の跡をなぞるようにして。

朱雀《すざく》は絶句した。

己《おのれ》がこの場を離れたあと、この女は、延々と唄《うた》い、延々と背負い続けていたというのか。

たったひとりで、だれに見られることもなく。

「……先生、わたし、合格、ですね……？」

「ああ……うむ……」

「やったあ！　やりました！　やっぱり、やれば、できるんです……！　次はなにをすればいいですか？」

「……いや、今日はもう」

「もう？　もう、なんですか？」

地面に伏せったまま、手足に力が入らず、もはや立ち上がることさえできないのに。

カナリアの眼《め》に広がる空洞《くうどう》だけが、爛々《らんらん》と輝いていることに、朱雀は気がついた。

「もう終わり、と思ったところからが始まりなんですよね。朱雀さんはそうおっしゃっていたじゃないですか」

「しかし、おまえはどう見ても限界……」

「しかもカカシもありません。わたしは人類のために戦う戦士ですよ？　全人類のためならわたしが倒れたって許されます。種《しゅ》を生かすために倒れるのです。うちてしやまむ。

うちてしやまむ！　進め十億火の玉だ！　鬼畜アンノウンなぎたおせ！　ラッパを握ってとつげきとつげき！」

人類を愛することにかけては人後に落ちない朱雀である。

その直感が、盛大に警笛《けいてき》を鳴らしていた。

——この女は、アブナイ。

「困ったときは、笑顔です！　笑顔でいれば、なんでもできます！　なんでもします！　わたしに命令を！　命令をください！」

スパイや、親アンノウン派などというものではない。

明らかに劣っているはずなのに、世界の優劣も淘汰《とうた》も乗り越えて。

意志だけで、すべてを凌駕《りょうが》するバケモノ。

「もういい、やめろ……」

朱雀はゆっくりと首を振る。

「どうしてですか？　やめません。最終目標は飛ぶことですから、休む暇なんてありはしません。飛ばなくっちゃ。ぜったい、飛ばなくっちゃ」

青い瞳の空洞《くうどう》が朱雀を捉《とら》える。そのなかに吸いこまれるような錯覚を覚える。

全身から汗を滴り落としながら、カナリアはゆらゆらと手を伸ばした。

そこにはなにもない。朱雀には届くはずもない。

けれど、カナリアは確かになにかを掴《つか》もうとしている。

とことん『やる気』だ。どこまでも。いつまでも。

「わたしはもっとできます。もっともっとできます。あきらめなければなんでもできます。死ぬ気でやればなんでもできます。ぜったい大丈夫です。こんなところであきらめません。ネバーギブアップ。がんばりますがんばります積極的にポジティブに。今すぐ立ち上がります。元気に空を飛んでいきます。勇気をもって飛びます、今飛びます、すぐ飛びます、さあ飛びます、飛びます、飛びます飛びます、飛びます飛びます飛びます、飛びます飛びます飛びます飛びます飛びます飛びます飛びます飛びます飛びます飛びます──」

どこかで吐いた言葉が、鏡で反響したかのように朱雀《すざく》の肉体の周りで渦《うず》巻いている。

永遠にあきらめない女。すべてを受け入れる女。意志に際限のない女。

種の論理では歓迎するべき個体なのに、人の心が受容を拒否している。

やめろ。

やめてくれ。

やめてくれやめてくれやめてくれやめてくれ──。

朱雀はいつしか、後ずさっていた。

「先生！　どちらへ行くんですか！　わたしに命令は⁉」

カナリアの声に追い立てられるようにして、エレベーターのなかに逃げこんだ。

地下の闇から逃げるように、ボタンを連打する。

上昇する安全な密室のなかで、肩で息をする。

掌《てのひら》に汗がにじむ。口のなかが渇いて、うまくしゃべれない。ひどく動揺しているようだ。首の後ろが燃えるような熱を発して、手指の先の毛細血管の隅々にまで、赤くどろどろとした血液を送り出していく。

全身が熱い。胸が苦しくて、息ができない。カナリアの笑顔を想うだけで、まるで動悸《どうき》がおさまらない。頭のすべてが、カナリアで支配されていく。

これは――そう、この気持ちこそは。

純然たる恐怖だと、朱雀は確信した。

愛する人類に、ひとりの同胞《どうほう》に、そんな感情を覚えたのは、初めてのことだった。

＊

「――説明しろ」

地上に出ると同時に、朱雀は通信端末《たんまつ》を起動させた。

「ナニモノなんだ、あいつは？　不適格対象になっていない人間だと聞いたぞ。なぜ、俺と引き合わせた？」

ほとんど怒鳴るようにして問う。

そのくせ、返事が来ることを願うふうに、両手は端末の上で組み合わされている。なにかにすがりたくてたまらないのだと、他人事《ひとごと》のように思う。

その姿が見えるはずもないのに、

『会ってほしかった。朱雀壱弥《すざくいちや》。鵜飼《うかい》つぐみ。あなたたちは、体現しているから』

「なにをだ！」

『この都市のすべて。この世界のすべて。私たちのすべてを』

端末《たんまつ》を介した鷹匠《たかじよう》の声が、まるで静かな祈りのように響いた。

「説明が足りない。コミュニケーションが足りない。対話しろ！　人類のために、なにもかもを論理で語れ！」

『待って。もう少しだけでいい。明日か明後日か、そのあとか。アンノウン警報が鳴ったときに連絡する』

鷹匠は一方的に通信を断つ。

間際に聞こえた声は、まるで魔女の予言めいたものだった。

『世界の歪《ゆが》みが待っている』

＊

無音の通信端末を眺めて、朱雀は唇を噛《か》む。

自分の知らないところで、自分の知らない意志により、自分を巻きこんだ状況が進行している。

それはなんだか——ひどく、居心地の悪いことだった。

街路樹に背中を預けて、ぼんやりと夜の街を眺めた。

子どもたちを寮に帰したビルらは、ひどくのっぺりとした暗い顔を無人の道路に向けている。黒々としたガラスに映る者は、どこにもいない。

規律正しく管理された防衛都市の内部で、住人たちは平和な寝息を立てるばかりだ。

朱雀の眼《め》には、世界はいつも通りにしか映らない。

歪みはどこにも存在しない。


……あるいは。

ヒーローの眼には、違うように見えるのだろうか。

自分は主人公《ヒーロー》にはなれないのかもしれないと、ふと思った。

＊

やがて、そのときが来る。

防衛都市に鳴り響くサイレンとともに、それはやってくる。

# B-5 戦士の陥穽

深夜、東京湾のはるか向こう。

水平線の彼方《かなた》に、茫漠《ぼうばく》とした影がにじむ。

大気の震動とともに現れるは、悪魔のつくりし人魚たち。

丸太のような腕が海をかき分け、来し方をぐちゃりと濁らせる。醜く折れ曲がった脚が幾本も付属する胴体は、粘液とともに鈍い光沢を帯びる。目鼻の窪《くぼ》みも存在しえない頭部は、いかなる百科事典の項目にも類似を認められない。

暗い水を這《は》いずり、黒い風を舐《な》めまわし、異形の群体が波間を進む。

第一種災害指定異来生物——人類の天敵、アンノウン。

目的も理論も言語も生態も棲家《すみか》も首領も知られず、ただただ人を襲うだけのモノ。

されど、蹂躙《じゅうりん》に怯《おび》える時代は過ぎ去った。

人には抗《あらが》うだけの勇気があり、未来をつかむ腕があり、過去を踏み越える足がある。

「いくぜ！」

真夜中の湾岸に勢揃《せいぞろ》いした少年少女の軍隊が、次々に地面を蹴って飛んでいく。

杖《つえ》状の出力兵装《しゅつりょくへいそう》を握りしめ、自分にのみ見える【世界】を現実に再現して、彼らは人類の天敵の仇《かたき》となる。

戦争が終わったあの日から、夢見の季節を過ごした子どもたちは、前に進むことを義務づけられてきた。

新しき人類の希望。

かつて夢見た世界の具現化。

進化と淘汰《とうた》の過程が、ここにある。


「ねえ、ひとり来てない！」

烈風にまぎれて、ふたつ結びの少女が怒鳴った。

「あの金髪の姿、だれか見た!?」

「知ったことじゃねえや。来ないもんは置いていくしかねえだろ」

少年はスピードをゆるめることなく、一直線に飛んでいく。東京戦闘科に支給された機能性アイウェアの補正視界には、昼でも夜でも変わらぬ色調の世界が広がっている。

追いすがる周囲の仲間に対して、自身の杖を軽くたたいて、

「みんな、余分なことを考えすぎなんだよなあ。俺たちは戦闘科だ。勝つために必要なことだけすればいい。他のことは、他の人間が考えるだろ」

「でも……」

「でもももももすももももも、だっけ？　適当にやろうぜ」

「ぐぎぎーっ！　それもう禁止ッ！」

ふたつ結びの少女は、なにかイヤなことでも思い出したのか、にわかに髪をふり乱した。

出力兵装《しゅつりょくへいそう》を加速させると、危なっかしいほどのスピードで、アンノウンが待ち受ける最前線に突っこんでいく。

「二度は助けねえぞ……」

彼女の背中を眺めて、ドレッドヘアの少年はぽりぽりと頬《ほお》をかいた。

＊

……戦場から遠く離れた防衛都市の外側には、瓦礫《がれき》の山が堆《うずたか》く積もっている。

破壊されつくしたかつての文明が、闇にぼんやりと塗りこめられる様は、太古の墓石群を想起させた。

色あせた残骸《ざんがい》の狭間《はざま》で夜風が吹きすさび、さながら亡霊《ぼうれい》の息吹のような、おどろおどろしい音を地上に奏でている。

そのなかに、大きなリュックサックとバッグを抱えた金髪の少女がいた。

ちょこちょこと瓦礫を踏み越えながら、夜を凝視するのを避けるように、足元ばかりを熱心に見つめる。

「ゆうれいなんて、いない、いない、いないったらいない……」

呪文のようにつぶやいた瞬間、

「――そうだな」

「ひゃあああああ!?」

眼前を塞ぐように掌《てのひら》が差しだされて、金髪の少女は頭のてっぺんから悲鳴を飛び上がらせた。

「幽霊はいないし、こんなところにアンノウンもいない」

転げこむようにして尻餅をつくと、正面に、見知った少年が携帯電灯とともに立っている。進路指導情報局と名乗った少年だ。

「敵前逃亡の現行犯だな」

彼は鋭い双眸《そうぼう》で、金髪の少女を傲然《ごうぜん》と見下ろした。

# A-6 亡霊の欺瞞

数瞬の時間をはさんで、

「せ、先生!? 先生じゃないですか！ もう、驚かさないでください……」

カナリアはよろよろと立ち上がった。

ほう、と掌《てのひら》に吐息を当てて、目尻に浮かんだ涙を拭《ぬぐ》う。

「わたし、お化けだけは苦手なのに……」

「なんでもかんでも、突撃ラッパの精神でぶつかるくせにか」

「だってお化けには物理攻撃が効かないじゃないですか！」

「そういうものか」

「そういうものです」

断固たる口調で、ぶるぶると震えてみせるカナリアである。

「じゃあ、おやすみなさい」

「ああ、おやすみ——待て」

朱雀《すざく》はひらひらと振りかけた手を、カナリアの肩にかけた。

「騙《だま》される俺だと思ったか」

「……このコンビならありえるとは思ってた」

朱雀の陰からひょこっとつぐみも顔を出す。

それを無視して、朱雀はカナリアをじっと睨《ね》めつけた。

「こんなところで、なにをしている？」

「先生こそ、どうしてここが……」

「とある幹部権限で、都市外探索許可を得た。まさか本当に敵前逃亡者が現れるとは思わなかったがな」

「か、幹部とは？」

「質問しているのは俺だ。おまえは今、前線に出る任務を放棄して、このような無価値な撤退地域をうろついている。自分が極めて危うい立場にいることを理解しろ」

「そんな……！」

「三秒以内に納得のいく回答がなければ、人類の敵と看做《みな》す。三、二——」

「みじかい、みじかいです！」

「反論すなわち反逆者だ。いいな？」

「……よ、よくありません……」

額に汗をにじませるカナリアは、しかし、決して口を割ろうとしなかった。

朱雀の険しい眼差《まなざ》しにガタガタと身震いしながらも、強情に唇を結んだままだ。

ふたりのあいだを冷たい夜風が横切っていく。

闇を埋める瓦礫《がれき》の山を背景に、少年と少女はそれぞれの理屈を抱えて対峙《たいじ》していた。

長く短い張りつめた沈黙のなかで、

「……あのですね」

朱雀《すざく》のとなりに控えていたつぐみが、神妙な顔でそっと割りこむ。

「シリアスな空気を出してるとこ、非常に申し訳ないんですけど。ちょっと気になることがあるっていうか」

「後にしろ」

「いやでも……カナリアさんの格好、その、変だよね……」

言いづらそうにしながら、神妙な顔で携帯電灯を持ち上げる。

舐《な》めるような光が、カナリアの雪白の肌にくっきりとした陰影を刻みつける。

最小限の局所的なポイントを除けば、通常隠されるべき部位のほとんどが、あられもなく外気に晒《さら》されている。薄く頼りない布にくるまれた、果実のような胸のふくらみは、常《つね》よりも艶《なま》めかしさを増しているようだった。

要するに水着姿である。

つぐみは胡乱《うろん》な眼《め》つきでそのわがままボディを眺めて、

「なんでカナリアさん、こんな時間にビキニでお外をうろついているんですかね……」

「安全な防衛都市と同じ感覚でいられては困る。衣服の九割がたをカットすることで、動きやすさを優先しているのだろう」

「そうかなあ……」

「加えて、これは象徴的な意味合いも持っていたはずだ。勝利のメタファー、侵略へのアンチテーゼ。確か――『アンノウンに対する最も優れた抵抗の形』、だな？」

「水着理論、覚えていてくださったんですね！」

カナリアはぱあっと顔を華やがせた。真顔の朱雀と視線を交わして、なにかしら通じ合ったように微笑《ほほえ》む。

「これこそ戦士の装束《しょうぞく》なんですっ」

ドヤッとした顔に、つぐみは無性にイラッとした。

「あんたのような戦士がいるか！」

「ひゃん！」

脇腹を乱れ突きすると、カナリアは消し炭になりそうな悶《もだ》え方をする。

ついでに今日一番、ぶるりと肩を震わせた。何度かくしゃみをする。

上着を貸してやると、カナリアはぺこぺこと頭を下げた。やっぱり風が冷たいのだろう。

そりゃ対峙《たいじ》するうちに身体も震えるわ、とつぐみは思った。

朱雀は気を取り直すように腕組みした。

「冗談はさておき、水着に着目したのはいい発想だ」

「……あんたらの冗談はわからん」

むすっとしたつぐみの前で、朱雀がブロックを積み重ねるかのように、ゆっくりと自身の腕をたたいた。

「論理的に考えろ。水着とは、水に濡《ぬ》れるための衣服だ」

「まあそうね」

「しかしここは海上戦闘の場から遠く離れている」

「そうね」

「となるともはや答えは自明だろう」

「そうかな」

「カナリアはこれからプールに行くのだ！」

「そうかなあ⁉」

半眼になったつぐみの後ろで、カナリアがぷるぷると小動物みたいに震えた。

「さすがは先生です。隠しごとはできませんね……」

「えええええ⁉」

「やはりか、カナリア。おまえの偽装は完璧だったが、論理の光のまえでは真実を隠し通すことはできないのだ」

「おっしゃるとおりです……もう、逃げも隠れもしません」

しょんぼりとうなだれて、カナリアは歩き出す。その背中を、朱雀《すざく》も悠然と腕組みして追っていく。

「……なにこれ、なんだこれ、なんなんだこれ。あたしがおかしいのかな……？」

つぐみは世界観への深い疑念に囚《とら》われながら、黙って三人パーティーの一番後ろにくっついた。

カナリアはずいぶんと道に慣れているようだった。

足取りこそ夜闇を恐れておっかなびっくりであったが、行き先に迷いがない。つぐみたちからはほとんど同じに見える瓦礫《がれき》の山を、すいすいと抜けていく。

防衛都市の灯《あか》りもほとんど見えなくなったころ、カナリアはようやく足をとめた。

「足元、気をつけてください」

示された先を携帯電灯で照らすと、ゆらゆらと大地が波打っているのがわかる。

一面、地表が水で覆われているのだ。

「湖だ……」

つぐみはつぶやいた。

爆撃で深くえぐれた大地の窪《くぼ》みに、茶色い雨水が溜《た》まって、巨大な人工プールのような地形をつくりだしている。

カナリアは水辺の手前で小石を拾うと、掌《てのひら》のなかに握りこむ。

それから、ためらいもせず、水のなかにえいやと足を踏み出した。

「見た目より、こちらのほうは水深が浅いです。でも滑りやすいので気をつけてくださいね」

「……なるほど、これは水着が有用だ」

げた。

太腿《ふともも》あたりまでを水に浸すカナリアを見て、朱雀《すざく》も当然のように己《おのれ》のズボンをたくし上
靴下を脱ぎながら、つぐみが複雑な顔をする。

「あのね、水で制服が汚れないようにってのはわかった」

「極めて論理的だな」

「着替えを準備しておくのもまあわかる」

「チャンスを逃さないのはいいことだ」

「でも、ジャージでいいじゃない。わざわざビキニにするって発想、どこから出てきちゃったわけ?」

問われて、カナリアがなぜか自慢気に胸を張った。

「レジャー感です! 大事なのはレジャー感なんです!」

「ぜんぜんわかんない」

「つぐみ。人の趣味にとやかく言うものではない」

「そうね。ごめんね。年頃の女の子だもんね。今の時代はね。抑圧された反動がね。露出を楽しむ趣味があってもいいよね」

「た、楽しんでなんかいません!」

同性の生温かい視線を浴びて、カナリアは顔を真っ赤にする。

「違うのか。あのとき、俺のまえで誓った言葉は嘘《うそ》だったのか。確かに楽しいと言ってい

たはずだが」

「先生、それとこれとは状況が！」

「カナリアはそんな不誠実な人間ではあるまい」

「で、ですから、その――」

「楽しいと言ったよな？」

「……あの……」

「楽しいか？」

「楽しいです！　気持ちいいの大好き！　ぴ、ぴーすっ！」

朱雀の詰問《きつもん》を受けて、かんたんに言葉をひっくり返した。

パブロフの犬のごとく、大きなふたつのピースサインまで頬《ほお》の両側に掲げている。つぐみに見られたときより、はるかに顔は真っ赤っ赤だ。

なぜ水滴にまみれた腿がびくんびくんと震えているのか、つぐみにはわからなかった。

あんまりわかりたくもなかった。

「そういうわけだ。納得したか？」

「あ、はい……」

ビキニプレイコンビのまえで、賢いつぐみは沈黙を守ることにした。

何メートルか進んだあたりで、カナリアは小石を握った手を振りかぶる。

「さっき、朱雀《すざく》さんはこのあたりを『無価値』っておっしゃいましたけど。無価値だからこそ、意味がある場所もあります」

放られた小石が、遠くでぽちゃんと当たり前の音を響かせる。

少しして、同じ水音が返ってくる。反響したものではない。どこかから合図を投げ返された音だ。

つぐみは闇のなかに眼《め》を凝らした。

そして、水の上を滑るように接近してくる黒い影を認めた。

ゴムボートだ。

そこには、同年代の少年たちが乗っていた。

*

ゴムボートはずいぶん古いものらしい。

継《つ》ぎ接《は》ぎだらけで、朱雀が乗りこんだときにも大きく傾《かし》いだ。

湖の中央あたりには、水没した瓦礫《がれき》の残骸《ざんがい》が頭を出している。指示されて、ゴムボートに寝そべるようにして姿勢を低くする。傘状になった瓦礫をくぐりぬけると、その内部にはコンクリートの陸地がぽっかりと広がっている。

まるで天然の要塞《ようさい》のようだ。

空から見下ろすだけでは空洞《くうどう》があることはわからず、陸から窺《うかが》おうとしても湖が近づくのを阻む。

水上を往《ゆ》くボートだけが、内部に滑りこむことができるのだ。

「もし近くに野生動物がいたとしても、水があれば入ってきにくいから……」

ゴムボートを漕ぐ少年のひとりがぼそぼそと言った。

爆撃を受けて陥没《かんぼつ》した穴のなかに、当時の建物が埋まったという。昔の電波塔かなにかだったそうだ。

「……だから、通信はできないみたいだよ……」

手元の通信端末《たんまつ》を何気なく見る朱雀に、少年は視線を逸《そ》らしてつぶやく。

物資の運搬に協力してくれている人たちです、とカナリアは説明していたが、朱雀が歓迎されていないのは明らかだった。

その上で、強い拒絶する言葉は聞かない。無気力なのか、それとも――

「……物資があればどうでもいいのか」

朱雀はつぶやいた。

コンクリートの空洞のなかには、貧しい灯《あか》りとともに十数人の少年少女が暮らしていた。

リュックサックとバッグのなかから、カナリアが保存食や毛布の類《たぐい》を配給する。

順番に受け取る彼らは、独自の取り決めによってそれを仲間内で分配していく。

みすぼらしいコロニーのようだ。彼らなりのルールがあり、相応に自治されていて、それなりの暮らしがあるけれど、ただひとつ、未来だけがない。

「――みんな、防衛都市にいられなくなった人たちです」

朱雀《すざく》のとなりに、カナリアがそっと立った。

もう長いこと、彼らを支援しているという。

東京でも戦闘科を強く希望したのは、外への出入りが容易だからだとも言った。

先刻まで、彼女はささやかな歌を唄《うた》っていた。身体の細かい傷を癒《い》やすための歌だ。

戦闘においても日常においても使い勝手のいい能力だと、改めて思う。幾名かの羨望《せんぼう》の眼差《まなざ》しが向いていたことにも、朱雀は気づいた。

「どんなに鍛えられたって、だれの役にも立てない能力というのは、必ず出てきます。そういう成績不十分で内地《ないち》送りにされた人は、相当ひどい目に遭う――という噂《うわさ》があります。それがイヤで逃げ出して、こういうところに流れ着くんです」

「無能のなれのはて、だな」

朱雀はつぐみをちらと見た。

だれに頼まれてもいないのに、彼女は物資の分配を手伝っている。

技術の改良により、劣った【世界】の使いどころが失われていく。そんなことを、わざわざ気にしてしまっているのだろうか。

自身の能力で、他者の世界を狭めたつぐみ。

弱者が切り捨てられるのをよしとする朱雀。

必然の両輪により、防衛都市は成り立っているのだ。

「しかし、なぜ先に言わない？　黙って任務を抜けるなど、およそ仲間に対して責任ある行動とは思えない」

「言う必要なんかありません……」

カナリアは困ったように笑う。

「だって――みんな知っているんですから」

「……知っている？」

「はい。陸上哨戒《しょうかい》任務でも、本当はここにいる人たちの動向を確認しているはずなんです。暗黙の了解で、見なかったことにしているだけです」

「なぜだ？」

「人類の誇る防衛システムに、落伍者《らくごしゃ》がいてはいけないからです」


以前の都市でも、カナリアは広く問題を訴えたという。

だれもがまず衝撃を受け、次に困り、やがて憎みはじめる。

不都合な真実を告げる伝道者を。

管理局の手前、脱落者の存在を大々的にアピールすることは、その都市の不利になるのだ。全体の不利益になることを騒ぐカナリアには、やがて、相応の結果が訪れる。

個人データの削除だ。

編集履歴にはわざわざ親アンノウン派に関する一文を挿入しておいて、疑いがかかるようにする。蛇のようなやり口だ。

自身の存在が危ういことに気づいたカナリアは、転校を余儀《よぎ》なくされた。

「だから、わたしはここでは黙ってやることにしました。任務中に抜けても、だれもなにも言いません。この街は前よりもひどい都市です。逃げたものを『亡霊《ぼうれい》』呼ばわりしてまで、タブーにしているのですから」

朱雀《すざく》はいつか拳を合わせた男子生徒を思い出した、

『……俺は自分が戦えることがうれしかった。戦闘科は、都市の皆を守るために存在していると信じていた。人類の誇りだとすら思っていた。でも――』

現実に幻滅した彼が戦闘科を追われて、現実を受容する者が戦闘科に残っている。

やがてカナリアもこの都市から出ていくことになるだろう。

だが。

「カナリア。おまえは間違っている。世界というものを、勘違いしている」

朱雀は不愉快な眼《め》つきで辺りを見回した。

ここにいるのは、無能たちだ。種の存続に対して、およそ貢献する術《すべ》を持たぬ者たち。

ヒエラルキーの最下層。淘汰《とうた》と選択による敗残者。

人類愛の対象にならない彼らには、どうしても嫌悪感が先に立つ。

「一度冷静になってみるがいい。論理的に考えろ。損益《そんえき》を数値化しろ。おまえには、こうまでして働く道理がひとつもない」

朱雀は顔をしかめた。

「弱い者のために犠牲になるなど、理に反しているだろう」

「だれかを助けられない生き方に、意味なんてありません」

カナリアは真顔で朱雀を見つめた。

「わたしは、なんでもします。わたしがやれることなら、なんでもします。みんな、協力して生きているんです。ひとりじゃありません。笑顔の輪で、みんなを救うんです」

「お花畑にもほどがある。それをなんと呼ぶか知っているか？」

「なんでしょう」

「偽善だ。他人のためではなく、自分のための行動。正しく、偽善そのものだ」

朱雀は失笑した。

人類に対する善意しかない人間は、善と偽善の区別にはとりわけ敏感だ。

「俺は人類を愛しているからこそ、人類に強くなってほしい。強いものだけが、きちんと生き残ってほしい。それが愛だろう。すべてを救うなど、ただの偽善に過ぎない。くだらない自己満足を他人に押しつけているだけだとは思わないのか？」

「……わかりません。そのとおりかもしれません」

カナリアは小さく首を振った。

「でも、偽善だっていいじゃないですか。わたしは愛しているんです。善いものも、悪いものも。強いものも、弱いものも。上も下も右も左も前も後ろもなにもかもひっくるめて、この世界のすべてを」

「だから、そこにどんなメリットが」

「メリットなんかいりません。おっしゃるとおり、自己満足なんですから。わたしはすべてを愛することで、自分を満足させているのです」

カナリアは自分の肩をぎゅうっと抱きしめた。

あたりでは、運びこまれた物資をもとに、ささやかな食事が始まっている。カナリアの優しい眼差《まなざ》しをちらと眺めて、朱雀《すざく》は顔をゆがめる。

食事風景を見つめるカナリアは、ひどく遠い眼《め》をしていた。内地《ないち》から分離した防衛都市からさらに隔離された瓦礫《がれき》のなかで、まるで世界にたったひとり、孤立するモニュメントのようにぼんやりと立っている。

「だって、そうじゃなければ、わたしが生きている意味なんてない——」

「……おまえ……」

そうして、彼女は静かに笑った。

「首都大侵攻の日、わたしは家族を喪《うしな》いました。この世にお父さんはいません。お母さんもいません。姉もいません。血を分けた人はだれもいません。友だちもいません。故郷すらもありません。わたしはずっとひとりぼっちです。どこにいても、わたしはいつもよそものです。わたしのことは、だれも愛してくれません」

落伍者《らくごしゃ》たちの暮らす瓦礫《がれき》のなかを、視線がうつろっていく。水色の瞳の奥にある空洞《くうどう》が、世界を見つめてきしんでいる。

「だれにも愛されないなら、せめて――わたしのほうから、愛してあげなくちゃ」

朱雀《すざく》は言葉を失った。やっと理解したのだ。

カナリアは善意に満ちてなどいない。

こんなものは、善とは呼ばない。

「そのためなら、わたしは、なんでもします。なんでもできます。もっとできます。もっともっとできます」

模擬戦闘場の対話がフラッシュバックする。あのときの誤解を朱雀は知る。

カナリアは、やる気に満ちてすらいなかった。

善意でもなくやる気でもなく、もちろん愛でもなく――。

これは、絶望の裏側にこびりついている狂気だ。

どこかのネジがゆるんで、なにかのタガが外れている。カナリアという少女は、人間として、どこかのなにかが歪んでしまっている。

「先生。命令を。わたしに、命令をください！　なんでもしますから！」

青い瞳の空洞に捉《とら》えられる。そのなかに吸いこまれるような錯覚を、また覚える。

動悸《どうき》が激しくなる。呼吸が苦しくなる。

己《おのれ》の頭のなかが、カナリアへの純然たる感情、未知なる想《おも》いによって支配されていくのをとめられない。

「おまえは、おかしい――」

朱雀は知らず、つぶやいた。

カナリアは悲しそうに朱雀を見つめる。

「そうかもしれません。前の学校でもそう言われました。みんなが同じことを言います。でも、もしかしたら、いっちゃんならわかってくれると思ったのに」

「根拠のない推論は知性の――え、今、なんと言った？」

「昔のいっちゃんは、違ったよ」

「……いっちゃん？」

オウム返しに首を傾《かし》げる朱雀に、カナリアも首を傾げる。

「え？」

「え？」

「あれ、わたしのこと忘れてないよね。カナお姉ちゃん……」

「いやいや、いや、待て、いやいやいや!?」

「あなた、いっちゃん。わたし、カナお姉ちゃん」

「え……！」

朱雀が眼《め》を白黒させる。

ふたりは、たがいを探る視線をぶつけた。

数年ぶりに出会った幼なじみのように。

その横で、

「……あれ？　今の流れで、これおかしくないです？　こういうラブコメっぽい雰囲気ありました？　やっぱりあたしがおかしいのかな？　そうなのかな……？」

傍聞《かたえぎ》きしていたつぐみが、世界に対する自信を喪失しているのだった。

＊

我こそは首都大侵攻の日に朱雀《すざく》が出会った少女だと、カナリアは強く主張した。

「久しぶりですね！　改めてこんにちは、いっちゃん！」

朱雀が訝《いぶか》しげな視線をぶつける。

「なぜ先に言わない。知らん顔して、わざわざはじめましての挨拶をする理由がない」

「そういう遊びなのかなあって」

「あれこれ正体を疑われたりスパルタされたりするだけじゃないか」

「そういうアレなのかなあって……」

カナリアは顔を赤らめた。

「……もう隠す気もなく、とことんマゾだな」

「ち、違いますよ！」

和気あいあいと会話する朱雀の背中を、つぐみがちょいちょいとつつく。

「どうした？」

「どうしたもこうしたも。いろいろとおかしいような……」

「おかしくはない。言われてみれば確かに似ている。昔の思い出そのままだ」

「はあ」

つぐみは恐ろしいほどに呆《あき》れた顔をした。

おもむろに声真似をして、

「……『確かに面影《おもかげ》はあるが、実物を見れば違いは一目瞭然《いちもくりょうぜん》。俺が思い出の少女を判別できない人間だと思うか』」

「急になんだ。念仏か？」

「あんたのセリフだあんたの！」

「いちいち覚えていたのか。つぐみはやっぱりスキモノだな」

「その言葉のチョイスやめろやい！　あんなに自信満々に言っておいて、判別できていないことを反省しろやい！」

食ってかかるつぐみに、朱雀はゆっくりと首を振った。

「考えてもみろ。今は戦時中だぞ。人類という種族そのものが優先される世界で、個人を区別する能力は不要だ。俺は時代に最適化されているだけだ。なぜ責められるいわれがあるのか？　俺は悪くない。社会が悪い」

「朱雀《すざく》さん、ほんと朱雀さんだわ……」

つぐみは朱雀を相手取ることをあきらめて、カナリアに向いた。

「あの、いくつか気になることがあるんですけど」

「はい！　なんでも聞いてください！」

「カナリアさんが入ったはずのコールドスリープ機器が潰れていたって聞きました。それに、昔は朱雀の年上だったたって」

「それは――」

カナリアが顔を曇《くも》らせたとき、ふと、朱雀が耳を押さえた。

「どしたの？」

つぐみの問いに応えず、険しい顔で兵装端末《たんまつ》を操った。細い杖《つえ》状の出力兵装《しゅつりょくへいそう》が茨《いばら》のように彼の腕に巻きついていく。

「ねえ、どしたの？」

「……テレパスが聞こえた」

それは、相手がどこにいようとも届く、かの魔女特有の能力だ。

「呼ばれたからには、行かねばならない」

朱雀は当たり前のように言った。

「い、行くってどこへ！　どうやって？」

「呼ばれるところへ。こうやってだ」

腕を振るうと、空中に斥力球《せきりよくきゆう》が発生する。朱雀はそこに足を翔《か》けると、たちまち瓦礫《がれき》のコロニーから飛び出した。

水を斥力で弾き、古《いにしえ》の宗教家のごとく、なにもない空間を渡っていく。

「あいつ、やっぱしすごいなー……」

つぐみがぽかんとしてその背中を見送った。

「……――」

彼の幼なじみを名乗るカナリアは、黙って、視線だけで追っている。

その青い瞳には、ただ虚ろな空洞《くうどう》だけがあった。

＊

「なにがあった……」

空を翔けながら、朱雀は唇を噛《か》む。

未《いま》だに脳裏に響く鷹匠《たかじよう》の声は、

『――助けて』

悲嘆に暮れていた。

# B-6 戦士の論理

少し前の時刻。

湾岸前線部に展開する戦闘科一班は、空から雨霰《あられ》のごとく砲撃を注《そそ》いでいた。

いつもより押し寄せるアンノウンの数が多い。

戦線が入り乱れ、ともすれば仲間同士で激突しかける混乱を制するように、

「右陣、身体ふたつ分下がれ！　左陣はそのまま！　中央、弾幕集めて押し返せ！」

ドレッドヘアの少年の檄が飛ぶ。

主席の座も板についてきたのだろう。自分でスコアを稼ぐのみならず、周囲の指示までもこなすようになっている。

「――了解！」

仲間たちも彼の指揮のもと、再び一糸乱れぬ戦列を取り戻す。

「最近、命令しすぎじゃないの。なんであんたなんかに指示出されなきゃいけないのよ。あたしのほうがずっと長く戦ってきたのに……」

ただ、ふたつ結びの少女だけが、ひとりでムスッとしていた。

「右陣の女、出すぎだ！」

「……ふん！」

どうやらそれは、リーダーシップそのものというよりも、『右陣の女』と他人行儀に呼ばれるたびに悪化するタイプの機嫌らしい。

「ほら！　一四、逃がしかけてるわよ！」

「馬鹿、待て――」

少年の声を振り払って、包囲網を脱しそうなアンノウンに向かって単騎突撃する。

迎え撃つアンノウンの初撃を、低空飛行で優雅にかわし、

「――沈めッ！」

追い抜きざまに杖《つえ》から放つ焔は、さながら天の裁きのごとく。

射出された命気がアンノウンの体表を焼きつくし、醜悪な脚部を爛《ただ》れさせる。関節部のちぎれ落ちる、断末魔《だんまつま》にも似た音が上がった。

「ふふん、どう！　今の見た!?」

少女は得意げに振り返った。視線の先には、ドレッドヘアの少年がいる。

まるで好敵手に戦果を自慢する戦士のように――あるいは、彼だけに見てもらいたがっている普通の女の子のように。

少年はため息をついた。

「だから下がれって。あんまりよそ見してると――」

「え？　……きゃあああ!?」

粘液が少女の脚を襲った。

燃えるアンノウンの陰から、もう一体の無貌《むぼう》の顔が彼女を捉えている。

死角より発射された粘液に絡め取られて、いつかのリバイバルのように、少女は飛翔《ひしょう》のコントロールを失った。

「ほらな」

「ぐ、ぐぎぎぐぬぬ……こんなはずじゃ、なかったのに……」

空中でもがいてみせるものの、ひとりではどうにも抗しきれない。

「おまえ、ちょっとは学習しろよなあ」

ドレッドヘアの少年が、呆《あき》れたように頭上を飛ぶ。

「……たまたまよ！　偶然！　ちょっぴり油断しただけだもん……」

少女はそっぽを向いた。

ひどく悔しげに眉間に皺《しわ》が寄って、やたらと怒ったように目尻が上がって、少しだけ恥ずかしそうに唇がすぼみ——なにかを予期したみたいに頬が紅い。

言葉と裏腹、少女ははるか高みの少年に向かって、そうっと手を伸ばす。

いつだって素直になれない少女は、細かいところで損をする彼女は、こういうときにしか少年と触れ合うことができないのだ。

彼女の拗《す》ねた横顔を眺めて、ドレッドヘアの少年は苦笑する。

そして、

「二度は助けないって言ったぜ」

あっさりと、その手を黙殺した。

「……──え？」

ふたつ結びの少女は、瞳を丸くしたまま、更なる粘液を撃たれて海面に墜落する。

ドレッドヘアの少年は、もはやそちらに視線を送ることもない。少女が倒しそびれた二体のアンノウンを相手取り、広がった戦線の後始末を独力で行う。

「な、なんで──」

派手な水しぶきが舞い上がったと同時、必死に伸ばした少女の指が、杖状《つえ》の出力兵装《しゅつりょくへいそう》の持ち手にかかる。

空を飛ぶ術《すべ》は、まだ彼女の右手に残されていた。

水中に完全に没した少しのち、混乱に溺れながら、波の狭間に頭だけが浮上する。

けれど、そこは悪魔の人魚たちが待ち受ける地獄だ。

体勢を立て直すまえに、丸太のように太い腕が彼女の頭を襲った。次いで、別のアンノウンの巨体が、横っ腹に追突する。

「か、っは──ッ」

彼女の肺から潰れた呼気が漏れる。いくら命気で強化された肉体といえども、ダメージすべてを軽減できるわけではない。

ちかちかと明滅する視界には、もう空も海も映らない。

ぐちゃぐちゃに乱れた軌道をたどり、少女はあらぬ方向へと揺れ飛んでいく。

「なんで、なんで……」

かすれた声が風にかき消される。

その後ろを、のっそりとした速度で一体が追っていく。

決して拭《ぬぐ》い落とすことのできない悪夢のように。

＊

「放っておけ」

人員がひとり欠けた戦闘科一班のなかで、少年の声が飛んだ。

「今日はまだまだ敵の増援がありそうだ。この場で食い止めることを優先しろ」

「しかし……」

仲間たちが戸惑ったように視線を交わす。

「俺は自分の眼《め》で見たものしか信じない主義だ。それから――自分の眼で見た事実は、なにより信奉《しんぽう》する性質《たち》だ。あいつは『不適格』だ」

ドレッドヘアの少年が呆《あき》れきった声で応じる。

「あいつの戦いぶりは、ずっと見てきた。くだらないミスを犯すのはもう何度目なんだ？

いくら地力があったとしても、戦力として確実に計算できない弱さは俺たちに要らない。不適格リストに入っているやつらと同じだ」

また一匹、アンノウンを屠《ほふ》り、最も効率的な戦線を保ちながら、戦闘科のリーダーは杖《つえ》を握った。

「俺たち人類は簡単に増える。不適格なあいつ程度なら、代わりはいくらでも出てくる。一方でアンノウンの生態は不明だ。だったら一匹でも多く、未来の災厄の芽を摘まなくちゃいけない。違うか？」

「……それもそうか」

仲間たちは納得したようにうなずき、粛々《しゅくしゅく》と掃討《そうとう》に戻った。

ふたつ結びの少女が消えた方角は、もうだれも見ない。

彼らの視界には倒すべき敵だけがある。

余分なものを排除して、戦力を洗練させて、誇り高き戦士たちは常勝を築く。

＊

「どうして……！」

ふたつ結びの少女は喉をしぼるようにして呻《うめ》いた。

どこをどれほど飛んできたのだろうか。頭上には青があり、眼下には蒼《あお》がある。行く手も来し方も同じ景色だ。三半規管《さんはんきかん》がやられて、上下左右すらもわからない。

ただ、アンノウンがすぐ傍《かたわ》らにずっと付いていることがわかる。

飛翔《ひしょう》のスピードなど出ていない。出ているはずがない。トドメを刺そうとする意志さえアンノウンにあるならば、すぐにでも海に落ちただろうに。傷ついた小鳥のように、延々といたぶられている。

だから——だからこそ。

だれかが来てくれれば、すぐに助かるに違いなかったのだ。

どうして、だれも自分を追ってきてくれないのだろう。

仲間は——彼は、どうして手をつかんでくれなかったのだろう。

『二度は助けないって言ったぜ』

そう言った彼の顔が、脳裏にこびりついて離れない。出荷箱から腐った果実を取り除くような、冷徹な眼差《まなざ》しだった。

見捨てられたのだろうか。

見られてすらいなかったのだろうか。

あのとき歩いた街並みは。あのとき笑った会話は。あのとき交わした視線は。あのとき覚えた感情は。すべてが、幻だったのだろうか。

狂おしい絶望とともに、彼女はアンノウンに追い立てられる。

身体中《からだじゅう》が焼けるように爛《ただ》れている。さんざん敵に与えてきた焔《ほむら》が、いまや痛みの業火《ごうか》となって自分を苛《さいな》んでいる。

視界が揺れる。アンノウンにまた痛撃を加えられる。熱い。苦しい。哀しい。

自分が、どうなっているのかすらわからない。

血が流れているだろうか。眼《め》は見えているだろうか。脚がもがれているだろうか。腕が喰《く》われているだろうか。胸が割かれているだろうか。彼はいま、どのような表情を浮かべているだろうか。そもそも、どんな顔をしていただろうか。わからない。わからない。わからない。もうなにも——。


やがて、自分の心と身体のどちらかがねじ切られる、いびつな音を聴いた。

# 7 『世界』

宙に次々と生まれる斥力球《せきりょくきゅう》の上を、朱雀《すざく》が飛ぶように翔けていく。

命気によって作り出されるその足場は、余人が乗ることを許さない。朱雀だけの【世界】を駆使した先に、ささやかな戦場があった。

防衛都市からはるかに離れた湾岸部。

闇に塗られた海上で、ふたつの影がもつれあっている。

ひとつは人類の天敵アンノウン。もうひとつには、確かに見覚えがある。

朱雀はその戦場の真ん中に自由落下で割りこんだ。

「――無事か!?」

よろめく鷹匠《たかじょう》の腰を、片腕に抱くと同時。

海面をつま先で蹴りつけるようにして、アンノウンに向き直る。

「来てくれるとは、思っていなかった……」

か細い声とともに、鷹匠が小さな額を朱雀の胸元にすりよせる。少し力をこめるだけで折れそうなぐらい、華奢な身体だ。

「とことん天邪鬼《あまのじゃく》だな――」

唇だけで笑って、朱雀は左腕を振るう。

圧縮された重力の塊をぶつけられ、アンノウンは輪郭の限界を超えてひしゃげた。断末《だんまつ》魔《ま》を上げることもなく、その場に消えていく。

「雑魚がっ！」

朱雀は舌打ちした。

もともと、アンノウンは手痛い傷を負っていたのだろう。だれかがまともな一撃を加えさえすれば、すぐに追い払うことのできる状況にあったのだ。

だからこそ、この場は異様だった。

もともと最前線でやり合うことに適していないとはいえ、鷹匠の飛翔《ひしょう》能力は他のエースたちに勝るとも劣らない。

なぜ、愚直に正面から戦い、攻撃を受け続けなければならなかったのか。

朱雀は周囲に眼《め》を凝らし、

「おまえ――」

鷹匠がその場を離れることができなかった理由を知った。

「――冬燕《とえ》！」

戦闘科の少女が、暗い波間にぐったりと漂っている。

鷹匠は湾岸部の瓦礫《がれき》撤去任務中に、遠くにアンノウンに追われる冬燕の姿を発見。戦闘能力のない補給科に退避指示を出すとともに、朱雀にテレパスを飛ばしたのだという。

その選択は正しかったものの――それは同時に、擬似的な飛翔能力を有する朱雀しか、鷹匠《たかじょう》には頼る者がいないということでもあった。

「いったい、なにがあった？　仲間はどうした？　見失ったのか？」

呼び起こしても、冬燕《とえ》の返事はなかった。

ふたつ結びの髪は汚れ、ほどけてばらばらになっている。

よほど恐ろしい目に遭ったのだろう。肉体のダメージというよりも、心のどこかが傷ついてしまっているように感じられた。

「うぐっ、うぐ、ひぐ……うえええええ――」

抱える朱雀《すざく》の腕にも反応せず、赤ん坊のように丸まって彼女は嗚咽《おえつ》する。

救われたはずだというのに、そこには喜びも安堵《あんど》もなにもない。

「どう、して、どう、ど、どうして――！」

ただ、どこにも抱きつけないまま、ひとりぼっちで泣きじゃくっている。

その腕はもう、しがみつく相手を喪《うしな》ったのだ。

＊

東の空がゆっくりと白ばんでいた。

長かった夜が明けていく。

朱雀たちが浜辺に戻ったとき、勝利の凱歌《がいか》を唄《うた》うがごとく、空を往《ゆ》く一群があった。

「お！　いたいた！」

そのなかから、急降下するひとりの少年がいた。

防衛都市東京の現主席だ。

ドレッドヘアの彼は、朱雀たちの近くまで高度を落とすと、その場を一瞥《いちべつ》する。

ぼんやりとうずくまる冬燕と視線がぶつかると、

「生きていたんだな。それはよかった」

ニカッと笑った。

冬燕の青白い横顔が、力なくうなだれる。物も言わず、涙だけが膝頭に落ちていく。

「よかった」

鷹匠が繰り返す。

彼女には珍しく、語気が荒くなっていた。

「よかった。そう。確かによかった。それで？　それだけ？　他には？」

「なんの話だ？」

「明らかに。彼女は見捨てられた。朱雀がいなければ、喪われるかもしれなかった。でもあなたはひとりの人間として正しいことをした。まちがっていない。なにも思うところはない。生きていてよかった。そ・れ・は・よ・か・っ・た」

「はは、なんだそれ。逆に訊《き》くけど、どうしてそこまでこだわるんだよ」

「……『どうして』って」

「だって――名前もいちいち覚えちゃいない程度の仲だぜ」

冬燕《とえ》を横目に眺めて、都市主席は、当然のように笑った。

＊

「だって――名前もいちいち覚えちゃいない程度の仲だぜ」

ふたつ結びの少女を横目に眺めて、ドレッドヘアの少年は笑う。

それは、至極《しごく》当たり前のことだ。

少年の生きる世界に、固有名称は存在しない。

少年は、少女を、最初から意識などしていない。

「俺たちは戦闘科だ。ずっとずうっと、勝ち続ける義務がある。もちろん、そこにちょっとした犠牲は生じうる。だったら、俺たちは取り替え可能なパーツでいなくちゃいけない。違うか？」

ドレッドヘアの少年は、朗らかに言う。気負いもせず。悪びれもせず。

種族間の生存を争う世界で、個別に差し向ける感情は不要だ。個人を必要以上に特別視してはならない。全体より優先される個人がいてはならない。

「思考を論理化して、損益を数値化して、一番効率がいいやり方を選んでいくべきだ」

個が全となって強くなるために。やがてアンノウンに勝つために。

「なにせ、俺は人類が大好きなんだ」

ドレッドヘアの少年はニカッと笑った。

少年の目の前には、少年と同じ制服を着た、少年と同じ年代のもうひとりの少年がいる。

工科《こうか》所属で、重力を操ると思しき男子生徒。

「——」

その彼は、少年の言葉を否定しない。否定するはずがない。

彼と彼は、完全に同値。

同じ心に同じ思想を抱いた鏡合わせの存在なのだから。

「そうそう、おまえさ」

ドレッドヘアの少年は空に出力兵装《しゅつりょくへいそう》の柄の先を向けたあとで、そのもうひとりのほうの少年に顔を戻した。

「噂《うわさ》には聞いてたけど、思ったより強そうだな。うちは強いのが正義だ。飛翔《ひしょう》能力なんてくだらない縛りは外して、そのうち一緒に戦えるといいな!」

一点の曇《くも》りもない笑みとともに、ドレッドヘアの少年は戻っていく。

人類の再生と勝利の象徴、湾岸防衛都市東京へ。

＊

蒼《あお》に染まりつつある空に、ウミネコだけが飛んでいた。

雲ひとつない朝の大気を、鷹匠《たかじょう》が身じろぎもせずにじっと仰ぐ。

ときおりしゃくりあげながら、冬燕《とえ》が冷たい浜辺に膝を抱えている。

「…………」

そして、朱雀《すざく》はその場にじっと立っていた。

朱雀には、彼女たちの気持ちが理解できなかった。おそらくは、ドレッドヘアの少年と同じように。

『私は。イヤだった。こういう世界がたまらなくイヤだった』

鷹匠のかすかなテレパスが、朱雀の神経に忍びこんでくる。

横で泣いている冬燕には聞こえないように、絞られた声だ。技術の進歩に追いやられて、それでも確かに存在する能力だ。

『負け犬の遠吠《とおぼ》え。そう思われるかもしれないけれど。戦闘科のプライドがイヤだった。不適格リストを作るのがイヤだった。それで平気な人たちがイヤだった。仲間とはそういうものではないと思った』

鷹匠はどこまでも無表情だ。

もちろん、それは生来《せいらい》のものではない。日常のなかで獲得しなければならなかった気質だ。無表情の裏側には、だれだってなにかを隠している。

『リストのメンバーも。追いやられた人たちも。対極にある宇多良《うたら》カナリアも。すべてを見てもらいたかった。あなたが好きだから。あなたは変わってほしいと思った。あなたなら変えてくれると思った。朱雀。あなたは、どう思う？　世界の歪《ゆが》みを、どう思う？』

「いや――――」

朱雀は首を振る。

きっと、ドレッドヘアの少年なら――――あの名も知らぬ少年なら、一笑に付すことだろう。彼だけではない。ほとんどの戦闘科メンバーが同じかもしれない。

無論、朱雀もそうだ。

この世界は歪んでなどいない。世界は圧倒的に正しい。完全なる正当性を保っている。

「……世界、は」

だというのに、開いたばかりの口が、言葉を見失って閉じていく。

どこかがおかしいと思った。

朱雀にはそのおかしさの正体がわからない。鷹匠の問いを断固として否定するべきなのに、どうしても言葉を継ぐことができない。

朱雀は視線を逸《そ》らした。

海の向こうには、アンノウンを出現させるゲートがある。終わりなき潮の満ち引きとともに、彼らは永遠にやってくる。人類を斃《たお》すためにやってくる。

寄せては返す波音が、しめやかな泣き声のようにも聞こえた。

この世界では、人類のために奉仕《ほうし》することを求められる世界では、いつもだれかが泣いている。浜辺に切り捨てられたひとりの人間が泣いている。

朱雀《すざく》は己《おのれ》の世界が揺らぐのを知った。強固な自己常識の枠組みにヒビが入っていくのを感じた。

だが、そんなことは断じて認めてはならない。

朱雀はぎりぎりのところで境界線に踏みとどまる。

なにかが狂っている、と思う。カナリアが連想される。思い出のなかの少女を名乗る彼女の、すべてを愛してしまう笑顔。それと同じように——あるいは、それ以上に。

俺か、それとも世界か。

どちらかが狂っている。


「そんな世界は——」


言いさして、朱雀は眼《め》を眇《すが》める。

続く言葉は、今の彼にはわからない。

まだ、自分がどこに立っているかも認められないのだ。

けれど、なにかに挑まなければならないことだけは、はっきりしていた。

海の向こうで眩《まばゆ》く光る、絶対的に正しい太陽を、朱雀はじっとにらんでいた。

# あとがき

ビキニ万歳！　おへそ大好き！　ぴーす！

こんにちは、もしくははじめまして。さがら総《そう》です。

なんでも受け入れちゃう女の子ってすごくいいよなあ、という軽い気持ちで書き始めた本作でしたが、いかがだったでしょうか。近未来変態ラブコメとはなんだったのか……。担当さんに感想を聞いたらば、「いいから早くデータ送れよ今何時だと思ってんだよ」と答えてくれたので、やはりラブコメで正解だと思います。キャッチは歪んでいません。壊れているのは時間感覚だけ……あの、もう少しだけ時間ください。終電までには。はい。

さておき、朱雀はいかなる立場を選ぶのか。『本当に』歪んでいるのはだれなのか。

ひとまず次巻で一段落となる予定です。ご期待ください。

ところで、このお話は単体で独立していますが、世界観そのものは他作家さんとシェアワールドという形をとっています。関わっているのは『デート・ア・ライブ』の橘公司《たちばなこうし》さんと『やはり俺の青春ラブコメはまちがっている。』の渡航《わたりわたる》さんのおふたりです。

同学年のよしみで、いつも笑顔が絶えない人物重視の夢を叶えるアットホームな雰囲気でがんばりました。三人でやれば面白さ二倍！　が合言葉です。みんな掛け算が苦手です。

「プロジェクト　クオリディア」とか適当なワードで検索すると、なんだかわかるようでわからないような気持ちになると思いますが、大丈夫です。ぼくもわかりません！近いうちにガガガ文庫から発売される予定の、人類史に残る大傑作（著・渡航《わたりわたる》）ですべてが明らかになればいいなと思います。楽しみですね。

なお、これまでに刊行された関連作としては、富士見ファンタジア文庫の『いつか世界を救うために ―クオリディア・コード―』（著・橘公司《たちばなこうし》）、ダッシュエックス文庫の『クズと金貨のクオリディア』（著・渡航＆さがら総《そう》）があります。

本作だけでも、つまみ食いでも、どうあってもご満足できる仕様になっております。

足し算もできなかったせいでページが足りず、以下、手短ながら謝辞です！

カントク先生、人類の限界を超えた超美麗神イラストに感激しております！　挿絵を見るだけでいつもにこにこハッピーダブルピースです。お身体、何卒ご自愛くださいませ。

担当の大類《おおるい》様、常識の限界を超えた超ぶっ壊れスケジュールで誠に申し訳ございません。私生活を犠牲にしていただいたこと、深く反省しております。始発までには。はい。

橘公司さん、渡航さん。そろそろ映画に行きたいので返事ください。

そして読者の皆様。ここまでお読みいただき、本当にありがとうございます。ラブラブコメコメ増量（予定）の変猫新刊か本作次巻でお会いできますことを祈っております！

それではまた！

さがら総

つぐみ可愛い。しかし何故カエルなんだろう。そんな服は脱がせてしまえ。

最後まで読んでいただきありがとうございます。イラストのカントクです。変猫コンビで作った新作ですが、いかがだったでしょうか？　続きも是非読んでほしいです。次は少しバトルとかも…？

東京校の制服は本文でほとんど描きませんでしたね。カナリアは驚愕のゼロ。ゼロて！　脱ぎたがりですなー。

朱雀はクズ要素もありますが、有能なクズは好きです。カッコイイのがズルい。肺に穴でも開けばいいのに。

MF文庫J

# そんな世界は壊してしまえ
## ―クオリディア・コード―


| | |
|---|---|
| 発行 | 2015年10月31日　初版第一刷発行<br>2016年 6 月24日　第六刷発行 |
| 著者 | さがら総（Speakeasy） |
| 発行者 | 三坂泰二 |
| 発行所 | 株式会社 KADOKAWA<br>〒102-8177 東京都千代田区富士見2-13-3<br>0570-002-001（カスタマーサポート）<br>年末年始を除く 平日10:00～18:00 まで |
| 印刷・製本 | 株式会社廣済堂 |





Printed in Japan　ISBN 978-4-04-067782-8 C0193
http://www.kadokawa.co.jp/




**【 ファンレター、作品のご感想をお待ちしています 】**
〒102-0071 東京都千代田区富士見2-13-12
株式会社KADOKAWA　MF文庫J編集部気付「さがら総先生」係「カントク先生」係